Annette G. Krupka

Methusalem

4 Fall um Katherina "Kate" Schulz

Impressum

© 2020 Annette Gisela Krupka
Herstellung und Verlag: BoD – Books on Demand,
Norderstedt
ISBN 9783750441101

Gewidmet habe ich dieses Buch allen in der Pflege Tätigen.
Ihr macht jeden Tag und jede Nacht einen wunderbaren Job!

Das Buch

Kate Schulz hat ihre Pilgerfahrt beendet und ihre Entscheidungen getroffen.

Als sie nach Plauen in ihre Detektei zurückkehrt, wartet ein neuer Fall auf sie. Es soll mysteriöse Todesfälle bei sehr hochaltrigen Bewohnern eines Pflegeheimes geben.

Kate entschließt sich, undercover zu ermitteln, aber wie kann sie das im Pflegebereich?

Ihre alte Schulfreundin Michaela „Michi" Heimat, Inhaberin des gleichnamigen Pflegedienstes, muss helfen.

Kapitel 1

Hat sie jemals damit gerechnet so alt zu werden?
Nein, sicher nicht. Weder ihre Eltern noch ihre Großeltern hatte so ein hoher Alter erreicht.
Aber war es auch ein Segen so alt zu werden?
Nein, nicht wenn man hier so liegen musste.
Immer nur warten. Bis endlich jemand kam, der ei-
nen dann hin und her rollte.
Essen. Eigentlich wollte sie es schon lange nicht
mehr, aber sie musste. Warum eigentlich, wenn sie es
doch nicht wollte?
Aber der Löffel bohrte sich unbarmherzig zwischen
ihre Lippen.
„Nun kommen sie schon. Schlucken. Das ist doch
nicht so schwer. Einfach schön schlucken. Ja, so ist es
fein."
Sie konnte es nicht mehr hören. War sie ein kleines
Kind? Warum sprachen sie so mit ihr?
Was war es eigentlich, was sie da essen musste? Es
schmeckte alles gleich, irgendwie.
Manchmal dachte sie an all die schönen Speisen, die
sie gekocht hatte. Sauerbraten war ihre Spezialität
gewesen. Wie der im Mund zergangen war, einfach
fantastisch.
Aber das hier? Das war doch kein Essen.
Undefinierbarer Brei, manchmal mit kleinen Flöck-
chen an Gemüse oder Fleisch und die gerieten ihr
dann in den Hals und sie musste husten und würgen.
Dann waren sie ärgerlich.

Nicht alle, nicht ihr Engel. Ihr Engel war auch dann immer ruhig und sanft.

Aber der Teufel, der brüllte herum, schlimme Worte.

Sie hätte sich gerne auf die Seite gedreht, so wie früher, aber das konnte sie nicht allein.

Sie sah den roten Punkt. Wenn sie darauf drücken würde, käme jemand und könnte ihr helfen. Aber sie traute es sich nicht.

Was, wenn der Teufel da war? Er würde sie so grob anpacken.

Nein, lieber blieb sie so liegen und hielt die Schmerzen aus, die ihr ihre Hüfte bereitete. Sie kam jetzt nicht mehr oft aus dem Bett, weil ihr dann übel war, wenn sie so lange gelegen hatte und plötzlich aufgesetzt wurde.

Nur einmal, an ihrem Geburtstag, da wurde sie vorher gebadet, schön angezogen, sogar frisiert und in einen nagelneuen Lehnstuhl gesetzt.

Dann waren sie alle gekommen, auch ein Kinderchor und der Bürgermeister.

Ein Gläschen Sekt hatte es gegeben, sie spürte noch das Prickeln auf ihren Lippen, wenn sie daran dachte.

Sie stöhnte leise auf, die Hüfte schmerzte immer mehr. Eine Träne rann langsam über ihre faltige Wange.

Sie hätte sie nicht einmal abwischen können, weil ihre Hand zu sehr zitterte.

Plötzlich spürte sie eine Hand, ganz sanft, die über ihre Wange strich.

„Tut die Hüfte wieder weh?"

Ihr Engel war wieder da.

Sie nickte etwas. Ihr Kopfteil wurde langsam nach oben gefahren und dann spürte sie etwas in ihrem Mund.

Es war bitter. Sie hätte es gern ausgespuckt, wagte es aber nicht.

„Schlucken sie es hinter, es wird ihnen guttun. Sie sollen doch keine Schmerzen haben."

Dann spürte sie ein kühles, süßes Getränk.

Es erinnerte sie fast an den prickelnden Sekt an ihrem Geburtstag. Wundervoll, einmal nicht dieser ewig gleich schmeckende Tee.

Sie schluckte gierig und verschluckte sich prompt. Aber ihr Engel schimpfte nicht, er brummte nur beruhigend und hielt sie im Arm.

Wie gut das tat. Sie schmiegte sich enger an ihren Engel und merkte, wie sie müde wurde, ganz müde, ganz leicht. Es war so schön.

Sie spürte nicht mehr den Einstich der Spritze an ihrem Oberschenkel, denn der Engel trug sie so sanft hinüber in ein Traumland.

Kapitel 2

Kate saß auf dem Praza do Obradoiro und beobachtete die Pilger, die allein oder in Gruppen, lachend, redend, erschöpft schweigend oder einfach still sinnierend saßen oder standen.

Sie selbst saß auf einer Bank. Allein, mit bestem Blick auf die gegenüberliegende Westfassade der Kathedrale von Santiago de Compostela und war einfach nur glücklich.

Glücklich, hier heil angekommen zu sein.

Sie hatte ihre Compostela Urkunde im Domkapitel in Empfang genommen und an der Pilgermesse in der Kathedrale teilgenommen.

Als ihr Name, als einer von den Pilgern, die in den letzten 24 Stunden in Santiago eingetroffen waren, verlesen wurde, war sie schon ein bisschen stolz auf sich gewesen.

Ja, sie war glücklich.

Auch deshalb, weil sie endlich die Entscheidungen getroffen hatte. Entscheidungen, die sie gefühlt ewig vor sich herschob.

Entscheidungen, die sie erst auf diesen Weg gebracht hatten.

Sollte sie das Angebot ihres Chiefs, Superspecial Agent Wolter Fisher, annehmen und an der Akademie des FBI lehren, bis sie in ein, zwei Jahren seine Nachfolgerin werden würde?

Oder sollte sie in Plauen bleiben, ihrer Heimatstadt, in die sie nach 30 Jahren zurückgekehrt war und

Schulz Security, eine Detektei und Personenschutzfirma gegründet hatte?

Was war mit der Beziehung zu Hauptkommissar
Mike Köhler, den sie im Laufe der Ermittlungen zum
Tod der Frau kennengelernt hatte, die sie 45 Jahre für
ihre Großmutter hielt?

Und dann war da noch die Suche nach ihren leiblichen Großeltern, nach ihren Wurzeln.

All diese Fragen hatten sie bewegt und sie hatte sich
so schwergetan, eine Entscheidung zu treffen, die sie
selbst glücklich machen würde.

Jetzt waren sie vorbei, die langen, grübelnden Au-
genblicke. Ihre Entscheidungen standen.

Es war kein leichter Weg hier her gewesen und hatte
ihr mehr als einmal vor Augen geführt, wie gesundheitlich angeschlagen sie noch war.

Die Geiselnahme, die Explosion, das Koma und die
anschließende Reha hatten ihr mehr zugesetzt, als sie
es sich eingestehen wollte. Und das nicht nur körperlich.

Natürlich hatte sie, gerade am Anfang des Weges,
den sie in Praia das Catedrais gestartet hatte, ihre
beidseitige Beckenfraktur bei fast jedem Schritt gespürt.

Sie war mehr als einmal versucht gewesen, abzubrechen. Aber dann, nach einer zwei- oder dreitägigen
Rast, hatte sie sich immer wieder auf den Weg gemacht.

Irgendwann dann war es besser geworden, oder zumindest wollte sie es glauben.

Vielleicht hatte sie da einfach begonnen, sich frei zu laufen. Freizulaufen von all den quälenden Gedanken und Entscheidungen.

Als sie jetzt hier in Santiago de Compostela angekommen war, sonnenverbrannt, mit wunden Füßen und wirklich körperlich erschöpft, hatte sie ein ungeheures Glücksgefühl gespürt, dass sie niemand anderes beschreiben konnte.

Aber vielleicht war das allen Pilger gleich, dieses unbeschreibliche Gefühl, allen Hindernissen zum Trotz, hier angekommen zu sein?

Während sie die Menschen um sich herum beobachtete, glaubte sie das fast.

Noch unter diesem Eindruck ging sie daran, ihre erste Entscheidung in die Tat umzusetzen.

Sie schaute auf die weithin sichtbare Uhr und verglich kurz die Zeitangabe mit der Zeit in den Staaten. Dann griff sie in die vordere Tasche ihres Rucksackes, nahm ihr iPhone heraus, wählte eine Nummer und wartete kurz.

„Hallo, Loreen, ist der Chief da?"

Im Geiste sah sie den roten Wuschelkopf von Loreen Ross, der ständig heillos mit Arbeit überfrachteten und trotzdem gut gelaunten Sekretärin von Chief Superspecial Agent Wolter Fisher.

„Hi, Kate. Wo steckst du?", kam die Antwort.

„Santiago de Compostela."

Eine Weile war Stille am anderen Ende, dann ein kurzes Lachen.

„Und wo, in Gottes Namen, soll das sein?"

Auch Kate musste lachen.

„In Spanien, meine Liebe."

Loreens Lachen wurde lauter.

„Ach ja. Ich habe ja ganz vergessen, oder besser verdrängt, dass du dich in Europa herumtreibst", sagte sie, immer noch verhalten glucksend.

Dann wurde sie ernst.

„So, der Chief ist jetzt frei. Ich stell dich durch."

Jasmin Weidner, stellvertretende Geschäftsführerin von Schulz Security, hatte die Hand an die Schaufensterscheibe der Kaffeerösterei gelegt und spähte nach innen.

Es war erst 10.30 Uhr, aber sie hatte so eine unbändige Lust auf Kaffee, das sie keinesfalls noch eine halbe Stunde warten konnte.

Endlich entdeckte sie den Haarschopf des Besitzers und klopfte gegen die Scheibe. Dieser sah sich verwundert um, dann lächelte er und nickte in Richtung Ladentür.

Er schloss auf und winkte Jasmin herein. Sie gab ihm die Hand und atmete tief den Geruch von frisch gemahlenem Kaffee ein.

„Ambrosia", stöhnte sie und sah mit einem bittenden Blick zu der funkelnden Kaffeemaschine, die noch still dastand.

Daniel nickte und begann, ihr einen Kaffee zu brühen.

„Du bist zeitig", stellte er fest, während er die Tasse bereitstellte und an der Maschine herumhantierte.

Jasmin glitt geschmeidig auf den hohen Stuhl neben dem Tresen und beobachtete, wie die schwarze Flüssigkeit langsam in die bereitstehende Tasse floss.

„Abby hatte gestern ihr Aufnahmegespräch an der Uni und kommt erst in einer halben Stunde. Da bleibt die Kaffeemaschine kalt."

Daniel lächelte.

Annalena „Abby" Heimat hatte sich in den letzten Monaten als festes Mitglied im Team der Detektei erwiesen. Sie hatte nicht nur einen entscheidenden Anteil daran, dass der Entführer von Kate und Luise Krause, einem zehnjährigen Mädchen, identifiziert werden konnte. Ihre wertvollen Hinweise hatten auch schon bei anderen Fällen geholfen.

Es war Professor Omar Amri, Jasmin Weidners Lebensgefährte gewesen, der Abby den Vorschlag gemacht hatte, doch ein Psychologiestudium aufzunehmen.

Damit wäre allerdings der gute Geist der Detektei erst einmal weg.

Jasmin schob ihre inzwischen leere Kaffeetasse über den Tresen, die Daniel wortlos nachfüllte. Er wusste, dass Jasmin erst nach drei oder vier Tassen Kaffee zufrieden sein würde. Schließlich beugte er sich etwas zu ihr hin.

„Und, hast du etwas von Kate gehört?"

Jasmin zuckte die Schultern.

„Ich weiß nur, dass sie in Santiago de Compostela eingetroffen ist. Eigentlich wollte sie gestern wieder zurückfliegen, aber naja."

Das klang nicht begeistert.

Daniel wischte mit einem Lappen langsam über den Tresen und stellte einige Tassen bereit.

„Glaubst du, dass sie wiederkommt?", fragte er schließlich.

Ehe sie etwas sagen konnte, klopfte es erneut an die Scheibe. Daniel sah an die Uhr.

„Naja, da kann ich schließlich gleich aufmachen", sagte er mit einem fatalistischen Grinsen und ließ

Hauptkommissar Mike Köhler ein, der ihn per Handschlag und Jasmin mit einer kurzen Umarmung begrüßte.

Während Daniel auch für ihn einen Kaffee bereitete, legte Mike seine Jacke ab und setzte sich neben Jasmin an den Tresen.

„Hast du etwas von Kate gehört?", fragte er schließlich und Jasmin atmete tief ein.

„Das scheint heute ja alle brennend zu interessieren", sagte sie mit leicht aggressivem Unterton und sah zu Daniel hinüber, der Mike seine Tasse hinstellte.

Dieser hob entschuldigend die Hände, was Jasmin mit einem Lächeln quittierte.

„Schon gut", sagte sie versöhnlicher. „Nein, nichts konkretes."

Mike nickte langsam.

„Was vermutest du?", fragte er, nachdem er langsam seine Tasse absetzte.

„Ich denke", sagte sie gedehnt. „Ich denke, dass Kate zurück in die Staaten geht. Sei doch mal ehrlich. So ein Angebot lehnt man nicht ab, das bekommt man nur einmal im Leben. Der erste weibliche Chief Superspecial Agent in Atlanta. Sie müsste wirklich komplett verrückt sein das auszuschlagen."

Mike legte die Arme auf den Tresen und starrte auf die Kaffeemaschine, die zischende Geräusche und einen unnachahmlichen Geruch von sich gab.

„Du hast es einmal gesagt. Wir tanzen wie Schmetterlinge umeinander herum und keiner traut sich, den Anfang zu machen", sagte er schließlich leise und sah

Jasmin an.

„Vielleicht war das genau mein Fehler. Ich hätte ihr sagen sollen, was sie mir bedeutet. Stattdessen habe ich es nicht einmal für nötig befunden nach Amerika zu fliegen. Sie lag dort allein auf der Intensivstation, aber mir war meine Arbeit hier wichtiger, das habe ich mir zumindest eingeredet. Dabei war ich nur zu feige, mir meine Gefühle für Kate einzugestehen."

Jasmin drückte kurz seine Hand.

„Ganz egal, Mike, am Ende trifft Kate ihre Entscheidung allein."

Plötzlich fuhr sie herum und starrte auf die Eingangstür, als habe sie einen Geist gesehen.

Durch die offene Eingangstür der Kaffeerösterei kam Kate herein.

Braungebrannt, mit Pilgerhut und Rucksack. Letzteren stellte sie sorgfältig neben einen Stuhl, nahm den Hut ab und grinste erst Daniel an, der sofort eine Cappuccino Tasse unter die Maschine stellte. Dann ging sie auf den Tresen zu.

Mike hatte sich als erstes erhoben und starrte sie wortlos an.

Sie kam auf ihn zu, legte langsam und fast fürsorglich den Hut auf den Tresen, um anschließend ihre Hände um Mikes Gesicht zu legen. Sie zog es zu sich herunter und küsste ihn, lange und intensiv, auf den Mund.

Nach einer Minute der Erstarrung zog Mike sie nahe an sich heran und erwiderte ihren Kuss.

Wie durch einen Nebel hörte er lautes Klatschen und begriff erst nach einer Weile, dass es Jasmin war, die applaudierte und Daniel, der einstimmte.

Schließlich trennten sie sich voneinander, sahen sich etwas verlegen lächelnd an, bis Jasmin, die von ihrem Hocker gesprungen war, Kate in die Arme schloss und wie wild umherdrehte.

„Warum hast du denn nicht angerufen?", fragte sie schließlich vorwurfsvoll, nachdem Kate sich leicht schwankend am Tresen festhielt und die Cappuccino- tasse an sich heranzog.

Jetzt kam auch Daniel um den Tresen herumgelaufen und umarmte Kate kurz.

„Schön, dass du wieder da bist", sagte er und klopfte

ihr nochmals auf die Schulter.

Schließlich zogen sich die drei in den hinteren Teil des Raumes zurück, da Kunden den Laden betraten und bedient werden wollten.

Kate setzte sich neben Mike, der geradezu vorsichtig seine Hand auf die ihre legte.

Er wusste, dass sie eigentlich nicht gern Berührungen zuließ und war erstaunt, dass sie jetzt sogar den Druck seiner Hand erwiderte.

Jasmin, die ihnen gegenübersaß und lächelnd ihr Händchenhalten beobachtete, rutschte aufgeregt auf ihrem Sessel hin und her.

„Und, wie geht es denn jetzt weiter?"

Kate zuckte leicht die Schultern.

„Na, wie schon?", sagte sie leichthin, wohl wissend, dass Jasmin eine andere Antwort erwartete.

Als diese die Augenbrauen nach oben zog, seufzte Kate auf.

„Also gut. Ich habe meinen Chief noch in Santiago de Compostela angerufen und ihm meine Entscheidung mitgeteilt. Ich werde endgültig aus der Truppe aus- scheiden und hier in Plauen bleiben."

Jasmin trommelte mit beiden Händen auf den Tisch.

„Das sollten wir mit Schampus feiern, aber du trinkst ja eh nix", stellte sie fest, über das ganze Gesicht strahlend. Dann wurde sie ernst.

„Du weißt, was du tust?", fragte sie noch einmal nach, aber Kate nickte, mit einer Entschlossenheit, die keinen Zweifel mehr zuließ.

Jasmin lehnte sich zurück.

19

„Das ist gut. Für uns, meine ich. Im Übrigen, Abby wird, wenn alles klappt, zum Studium gehen. Psychologie. Omar hat sie dazu überredet."

Kate winkte Daniel zu, ihr noch einen Cappuccino zu brühen. Dann sah sie Jasmin an.

„Das finde ich gut. Damit findet sie wahrscheinlich endlich ihren Weg. Als Mädchen für alles war sie wirklich zu schade. Auch wenn ich es bedauere, dass sie dann sie nicht mehr da ist. Sie war immer unser Fels in der Brandung mit ihrem Optimismus und stets guter Laune."

„Das finde ich ja richtig nett von dir, Chefin." Ruckartig hob Kate den Kopf und sah Abby lächelnd vor sich stehen.

„Ich muss wohl langsam nur wegen euch anbauen", sagte Daniel und rückte noch einen Sessel heran. Aber Abby hatte sich an Mike vorbeigedrängt und umarmte Kate jetzt fest.

„Es ist so schön, dass du wieder da bist."

Dann wandte sie sich grinsend zu Jasmin um und sagte: „Nichts gegen dich."

Diese winkte nur lächelnd ab.

Annalena „Abby" Heimat war die Tochter von Kates Schulfreundin Michaela Heimat. Es war unschwer zu erkennen, dass Annalena Abby Sciuto aus Navy CIS zu ihrem großen Vorbild erkoren hatte.

Die schwarzen Haare waren zu Zöpfen geflochten und standen, ähnlich wie bei ihrem Vorbild, an beiden Seiten des Kopfes ab. Ihre Gothik- Kleidung bestand meist aus schwarzen Blusen, oft noch kombi-

niert mit einem Mieder, dessen viktorianische Schnü-
rungen ihre zarte Taille betonte, sowie sehr kurzen,
schwarzen Röcken und schwarzen Strümpfen.

Für die Schuhe, die sie gewöhnlich trug, sollte man
glatt einen Waffenschein beantragen, wie Kate einmal
gesagt hatte.

Im Gegensatz zu ihrer bodenständig-eleganten
Schwester, die ihre Mutter im gleichnamigen Pflegedienst tatkräftig unterstützte, war Abby so etwas wie
das Enfant Terrible der Familie, die mit ihren Talen-
ten nichts rechtes anzufangen wusste.

Trotz sehr gutem Abitur hatte sie keine beruflichen
Vorstellungen und so schien es für alle Beteiligten
eine gute Lösung, als sie bei Kate in deren neu ge-
gründeten Detektei einen Job als Mädchen für alles
antrat. Zweifellos nur, weil sie von Kate als FBI-
Agentin einfach fasziniert war.

„Und, hat es geklappt mit deiner Zulassung?", fragte
Kate jetzt und Abby lächelte.

„Ja, ich kann im Oktober starten."

Jasmin riss die Hände spontan in die Höhe.

„Also heute ist der Tag der guten Botschaften."

Abby warf Kate einen Blick zu. „Du bleibst in Plau-
en?"

Als diese nickte, atmete die junge Frau tief ein.

„Schön", sagte sie und nahm von Daniel ihren Kaffee
in Empfang.

„Dann kann ich bei dir weiterhin jobben, vor allen
Dingen in den Semesterferien?", fragte sie vorsichtig.

„Ich will meiner Mutter nicht auf der Tasche liegen,

obwohl sie mich gern unterstützen würde", schob sie erklärend nach und Kate nickte.

„Natürlich. Steht das in Frage?"

Mike sah, dass Kates Cappuccino Tasse leer war und deutete mit einem Blick nach draußen.

„Soll ich dich nach Hause fahren?", fragte er.

Diese erhob sich.

„Das wäre klasse. Wir sehen uns dann morgen im Büro, oder?"

Sie sah Jasmin und Abby an, die synchron nickten.

Mit einem Winken hin zu Daniel gingen Mike und Kate hinaus, wobei ersterer galant den schweren Rucksack trug.

Abby sah ihnen sinnend nach.

„Haben die Schmetterlinge endlich eine gemeinsame Blüte gefunden?", fragte sie trocken, was bei Jasmin einen Lachanfall auslöste.

Kates Pilgerhut lag noch immer auf dem Tresen.

Kapitel 3

Der Arzt beugte sich über die alte Frau und legte ihr die Blutdruckmanschette um den dünnen Arm. Angestrengt lauschte er in das Stethoskop, dann nahm er die Manschette ab und steckte das Stethoskop nochmals durch die Knopfleiste des Nachthemdes auf die sich langsam hebende und senkende Brust.

Schließlich richtete er sich auf und nahm sanft die feingliedrige Hand, die von braunen Altersflecken übersät war, in die seine.

„Frau Baumann", sagte er und wiederholte den Namen, diesmal etwas lauter. Keine wirkliche Reaktion, nur ein leichtes Flattern der Lider.

Er packte Stethoskop und Blutdruckgerät in seine Arzttasche und deutete der Schwester, die neben ihm stand, mit einem Kopfnicken an, ihn nach draußen zu begleiten.

Dort wartete bereits Frau Heinzmann, die Heimleiterin des Pflegeheimes, dass den Namen *Haus Abendrot* trug, ungeduldig auf ihn.

Ungewöhnlich groß für eine Frau, hatte sie die typische, etwas vorgebeugte, Körperhaltung sehr großer Menschen.

Der stechende Blick aus ihren blau-grauen Augen war ebenso einschüchternd wie ihr schneller Gang, der vom stakkatohaften Klacken ihrer Absätze begleitet wurde und ihre laute, fordernde Stimme.

Sie hatte die Fünfzig noch nicht überschritten, wirkte

aber deutlich älter.

Ihr aufgedunsenes Gesicht ließ auch den gefälligsten Betrachter an einen erhöhten Alkoholkonsum denken. Ebenso ließ der, sie ständig begleitende, Rauchgeruch auf einen ungewöhnlich hohen Nikotinkonsum schließen.

Jetzt starrte sie den Arzt fast hypnotisch an.

„Und?", fragte sie ungeduldig und so laut, dass dieser automatisch zusammenzuckte.

Dann sah sie Schwester an, die aufgrund ihres Blickes neben dem Arzt zusammenzuschmelzen schien.

„Kathrin, haben sie nichts zu tun?"

Diese nickte und verschwand augenblicklich vom Flur, der überhaupt wie ausgestorben wirkte.

„Alter Drachen", dachte Doktor Brauner.

Aber schließlich war dies eine Sache der Mitarbeiter hier, sich diese Behandlung gefallen zu lassen oder nicht. Er jedenfalls hatte das nicht vor, sich von einer Frau Heinzmann, Heimleiterin hin oder her, herumkommandieren zu lassen.

„Ich empfehle ihnen, die Angehörigen zu verständigen. Ich glaube, es geht auf ihr Ende zu", sagte er mit ruhiger, aber bestimmter Stimme.

Die Heimleiterin zog ihre Stirn in Falten, was sie nicht eben attraktiver machte.

„Sie glauben?", fragte sie mit bissigem Tonfall nach.

„Ja, ich glaube. Oder denken sie, ich kann den Tod voraussagen, mit Tag und Stunde?"

Jetzt wurde auch sein Ton etwas schärfer.

Was bildete diese Person sich ein?

Er war keiner ihrer devoten Untergebenen.

Auch Frau Heinzmann schien erkannt zu haben, dass sie eine Grenze zu überschreiten drohte. Sie lächelte etwas versöhnlicher.

„Entschuldigen sie", säuselte sie in einem Tonfall, der ihn noch mehr abstieß. „Aber könnten sie sie nicht ins Klinikum einweisen? Ein paar Infusionen vielleicht?"

Der Arzt setzte sich in Richtung Dienstzimmer in Bewegung.

Die Heimleiterin folgte ihm mit ihren schnellen, absatzklappernden Schritten.

Er sah noch, wie eine der Schwestern das Dienstzimmer geradezu fluchtartig verließ, was ihr nicht zu verdenken war.

Er legte seine Tasche ab und wusch sich die Hände.

„Frau Baumann hat schriftlich verfügt, dass sie keine lebensverlängernden Maßnahmen wünscht. Das hat sie auch bei meinen Besuchen mir gegenüber immer wieder bestätigt. Daher sehe ich keine Notwendigkeit sie einweisen zu lassen. Nach Aussage von Schwester Kathrin trinkt sie noch und isst einige Kleinigkeiten. Lassen wir es dabei. Außerdem ist ihr Schmerzmanagement gut."

„Bekommt sie jetzt etwa Morphium?", fragte die Heimleiterin lauernd. Der Arzt sah sie nicht an.

„Nein", sagte er nur kurz.

Um dieses Thema zu beenden, setzte er sich an den verwaisten Schreibtisch und nahm seinen Stift, um in die aufgeschlagene Akte einzutragen.

Die Heimleiterin war an seine Seite getreten.

„Wenn sie stirbt, ist das der dritte Pflegegrad 5, der mir verlustig geht. Wissen sie, was das wirtschaftlich für uns bedeutet?"

Der Arzt erhob sich und schlug mit einem Knall die Akte zu, sodass Frau Heinzmann zusammenschrak.

„Ich sehe in allererster Linie den Menschen, Frau Heinzmann. Frau Baumann ist 96 Jahre, da darf sich der Lebenskreis doch wohl in Würde schließen, oder?"

Er nahm seine Tasche.

Die Heimleiterin machte eine beschwichtigende Geste.

„Natürlich, natürlich. Aber auch sie müssen in ihrer Praxis betriebswirtschaftlich arbeiten, Herr Doktor, oder etwas nicht? Da sollten sie auch verstehen, wie es uns geht. Ich höre schon wieder die Geschäftsleitung."

Sie drehte demonstrativ die Augen nach oben.

Der Arzt ließ ein leises Hüsteln hören, sagte aber nichts. Im Türrahmen blieb er stehen und sah die Heimleiterin eindringlich an.

„Sie verständigen die Angehörigen?"

Sie wusste, dass es ihm Ernst war. Es lag eine latente Drohung in der Luft.

Unwillkürlich presste sie die Zähne aufeinander.

Natürlich konnte sie nach seinem Weggang ein, zwei Stunden warten und dann den Notruf wählen, aber sie wusste auch, dass mit Doktor Brauner nicht gut Kirschen essen war, wenn man seine fachliche Kompetenz anzweifelte. Und sie wusste auch, dass sie im Notfall immer den Kürzeren ziehen würde.

Sie spürte seinen Blick, der sie geradezu durchdringend ansah.

„Natürlich, umgehend", sagte sie schnippisch und drängte sich an ihm vorbei in Richtung ihres Büros.

Der Arzt nahm noch die Nikotinfahne wahr, die die Heimleiterin nach sich zog und schüttelte angewidert den Kopf.

Als er zum Ausgang ging, erwartete ihn dort Schwester Kathrin.

Sie war eine zierliche, sehr sanftmütige Frau mittleren Alters, die er für ihre Fachlichkeit und ihr Einfühlungsvermögen sehr schätzte.

„Werden Sie Frau Baumann ins Klinikum einweisen lassen, Herr Doktor?"

Er hörte die Sorge um die alte Frau und ihren labilen Gesundheitszustand, der durch einen Transport noch zusätzlich belastet werden würde, deutlich aus der Frage heraus.

Er lächelte sie etwas an.

„Nein, keine Sorge, Schwester Kathrin. Frau Baumann bleibt hier und sie tun alles wie besprochen, nicht wahr?"

Als die Schwester nickte, reichte er ihr zum Abschied die Hand und ging zum Treppenhaus.

Kathrin atmete tief ein und schloss kurz die Augen.

Sie würde hierbleiben, die Frau Baumann, Gott sei Dank.

Dieses Mal war es wirklich knapp gewesen.

Martina Jeschkes Maschine landete in Leipzig.

Als sie ihr Smartphone wieder anschaltete, sah die drei verpassten Anrufe. Schnell rief sie zurück, obwohl ihr in diesem Moment die Rufnummer nichts sagte.

„Haus *Abendrot*, was darf ich für sie tun?"

Martina war einen Moment perplex, dann sammelte sie sich.

„Ja, Jeschke hier, Martina Jeschke, sie haben versucht mich zu erreichen?"

Die gleichbleibend, freundliche Stimme sagt: „Einen Moment bitte, ich verbinde sie mit unserer Heimleiterin, Frau Heinzmann."

Martinas Herzschlag setzte für einen Moment aus und sie lehnte sich an eine Wand des Flurs auf dem Weg zum Gepäckband.

Gewiss, ihre Großtante, Margarete Baumann, war eine alte, eine sehr alte Frau. Aber sie hatte gehofft, sie noch lebend und bei wachem Verstand antreffen zu können. So vieles wollte sie noch mit ihr besprechen.

„Frau Jeschke? Guten Tag, hier ist Heinzmann. Ich bin die Leiterin des Haus *Abendrot* in Plauen. Ihre Großtante, Frau Baumann, ist eine Bewohnerin unseres Hauses. Nun muss ich ihnen, im Namen ihres Hausarztes, Herrn Doktor Brauner, leider mitteilen, dass sich der Zustand ihrer Großtante rapide verschlechtert hat. Ja, man muss leider sagen, dass ihr Zustand derzeit geradezu als bedenklich einzustufen ist. Ich wollte ihnen das nur mitteilen, dass sie sich mit dem Gedanken an ein zu erwartendes Ableben ihrer Großtante arrangieren können."

Martina ließ etwas Luft aus dem Mund entweichen. So ein geschwollenes Gerede, einfach unerträglich.

„Ich bin gerade in Leipzig gelandet und nehme mir einen Leihwagen, ich denke, ich werde heute Nachmittag in Plauen sein."

„Sie sind in Deutschland?", kam die spontane Rückfrage.

Für Martinas Geschmack etwas zu schnell. Sie glaubte fast, so etwas wie Enttäuschung aus der rauen Stimme der Heimleiterin herauszuhören.

„Ja, ich hatte sowieso vor, meine Großtante zu besuchen. Danke für ihre Information. Ich werde nachher einmal in ihrem Büro vorbeischauen, dann könne wir alles weitere persönlich besprechen."

Damit legte sie auf, ohne der Heimleiterin eine Chance zu geben, erneut irgendeine Schleimerei von sich zu geben.

Mit einem Ruck nahm sie ihren Koffer vom Band und ging mit festen Schritten auf den Ausgang zu.

Als Kate am nächsten Morgen ihr Büro an der Bahnhofstraße betrat, hatte sie das Gefühl, nie weg gewesen zu sein.

Auch Abby saß, noch, wie ihr plötzlich einfiel, an ihrem Platz am Tresen und strahlte sie wie gewohnt freundlich an.

Es würde schwer werden einen Ersatz zu finden, der so gut ins Team passte, wie sie tat. Zumindest für die Zeit, in der Abby sich auf ihr Studium konzentrieren musste.

Aber so war es eben im Leben, ein Kommen und Gehen.

Mein Gott, war sie heute philosophisch, irgendwie waren ihre Gedanken noch ein wenig mit dem Camino verwoben.

Abby legte den Kopf etwas schräg und musterte sie.

„Einen Cent für deine Gedanken", sagte sie und entlockte Kate damit ein Lachen.

„Das willst du nicht wirklich hören."

Damit verschwand sie kurz in ihrem Büro, denn sie hörte, wie die anderen bereits in den Raum gingen, wo in der Regel die wöchentlichen Teammeetings durchgeführt wurden.

In diesem Moment läutete das Telefon. Kate sah auf das Display.

„Na, Herr Hauptkommissar, hast du Sehnsucht nach mir?"

Mike Köhler hatte sie gestern Vormittag nach Hause gefahren. Beim Abschied vor der Gartentür hatte Kate ihn spontan für den Abend eingeladen.

Diesen hatten sie dann gemeinsam auf der Terrasse verbracht, mit ein paar belegten Schnittchen und Kates selbst gemachter Limonade.

Sie hatten viel geredet und sich zum Abschied geküsst, weiter waren sie nicht gegangen.

Es hatte sich nicht ergeben, vielleicht traute sich einfach keiner von ihnen, den Anfang zu machen.

Jetzt, wo die Fronten zwischen ihnen geklärt schienen, war eine Art Angst da, dass eine zu schnelle Aufnahme einer Beziehung, gleich welcher Art, diese neue Nähe gefährden könnte.

„Ja, habe ich", ging Mike auf ihren Scherz ein, aber es klang eine gewisse Ernsthaftigkeit heraus.

Kate lächelte. Sie freute sich darüber, dass er wirklich Sehnsucht nach ihr hatte und es auch aussprach, wenn auch etwas verpackt.

Dann räusperte er sich plötzlich.

„Ich rufe wegen einer anderen Sache an. Weißt du…"

Kate hob den Kopf, als Abby in der Tür erschien.

„Moment", sagte sie zu Mike und nickte Abby zu.

„Es dauert nur noch ein paar Minuten."

Abby schüttelte leicht den Kopf.

„Draußen ist eine Frau, sie will unbedingt mit dir sprechen."

Kate vermutet, dass es dringend war, sonst würde Abby nicht stören. Also nickte sie und wandte sich wieder an Mike.

„Ist es sehr wichtig?"

Sie hörte sein leises Lachen.

„Liegt im Auge des Betrachters. Nein, es hat noch

Zeit bis, sagen wir, bis heute Abend. Oder bist du anders verplant?"

Eigentlich hatte sich Kate vorgenommen, endlich ihren Rucksack auszupacken und Frau Anselm die Wäsche hinzulegen, die gewaschen werden musste. Ach was, das konnte wirklich warten.

Dank Frau Anselm, die durch Jasmins Vermittlung drei Mal die Woche ihr Haus auf Vordermann brachte, konnte sie sich die Nachlässigkeit leisten, einen zweiten, faulen Abend ohne Arbeit zu verbringen.

„Ich freu mich auf dich", sagte sie schnell, um es sich nicht doch noch anders zu überlegen.

„18.00 Uhr? Ich bringe was zu essen mit", sagte Mike noch und legte, nachdem Kate es bestätigt hatte, auf.

Kate ging nach vorn zu Abby, die der Frau inzwischen einen Platz und ein Glas Mineralwasser angeboten hatte.

„Sag den anderen, ich stoße zu ihnen, sobald ich kann. Jasmin soll übernehmen", instruierte sie Abby kurz und wandte sich dann an die Frau.

Diese hatte kurze, brünette Haare und ein sympathisches, offenes Gesicht, das schon einige, kleinere Falten um die Augen erkennen ließ.

Jetzt erhob sie sich und reichte Kate mit einem festen Händedruck ihre Rechte.

„Martina Jeschke", stellte sie sich vor.

Kate deutete auf ihr Büro. Nachdem die junge Frau Platz genommen hatte, setzte sich auch Kate ihr gegenüber.

„Frau Jeschke, was kann ich für sie tun?"

Die Frau legte die Hände zusammen und senkte kurz den Kopf, bevor sie ihr Gegenüber ansah und schließlich den Mund öffnete.

Sehr chronologisch, wie Kate erfreut feststellte, erzählte ihr Frau Jeschke ihre Vita.

Sie lebte seit ein paar Jahren in London und arbeite dort als Kindermädchen in einer wohlhabenden Familie, nachdem sie bereits als Aupairmädchen im Ausland gelebt hatte, war sie nach Deutschland zurückgekehrt. Hier absolvierte sie eine Ausbildung zur Erzieherin und hatte seither in einigen Ländern gelebt und gearbeitet.

Ihre einzige noch lebende Verwandte war ihre Großtante, die Schwester der Großmutter.

Diese war bis ins hohe Alter hinein war sehr rüstig und erst mit 94 Jahren zog sie in ein Seniorenheim, das Haus *Abendrot* hier in Plauen.

Frau Jeschke hielt kurz inne, bevor sie fortfuhr.

„Ich weiß, dass es ihr in den letzten Monaten gesundheitlich nicht besonders gut ging, aber das ist in diesem Alter nicht verwunderlich. Wir haben immer wieder einmal telefoniert und sie schien mir zuletzt fast etwas verwirrt. Sie erzählte laufend etwas von einem Engel, der sich so gut und liebevoll um sie kümmern würde und von einem Teufel, der böse ist. Kurz und gut, ich habe meinen Urlaub genommen und bin rüber geflogen. Ich hatte immer noch die Hoffnung, mich etwas mit ihr unterhalten zu können, immerhin ist sie meine letzte Verwandte. Ich habe noch so viele Fragen."

Sie unterbrach sich kurz und nahm einen Schluck Mineralwasser, um dann aber umgehend fortzufahren.

„Am Flughafen in Leipzig hat mich dann diese Frau Heinzmann, die Heimleiterin des Haus *Abendrot* angerufen, es gehe Tante Margarete so schlecht, dass sie wohl bald sterben werde. Aber es schien Frau Heinzmann so gar nicht recht zu sein, dass ich bereits in Leipzig war und umgehend kommen würde. So kühl war dann auch der Empfang. Jedenfalls habe ich Tante Margarete zwar noch lebend, aber in einem wirklich sehr schlechten Zustand angetroffen. Sie erzählte mir wieder diese Engels -und Teufelsgeschichte, obwohl ich sie kaum noch verstehen konnte. Nun werden sie sicher denken, es ist eine sehr alte Frau, die sich da etwas zusammenspinnt, zumal sie schon im Sterben liegt?"

Sie sah Kate an, die mit keiner Miene verriet, dass sie genau das dachte.

Martina Jeschke lächelte etwas.

„Ich würde es an ihrer Stelle denken. Und wissen sie warum? Weil es auch mein Gedanke war. Obwohl mir die Heimleiterin etwas seltsam vorkam, habe ich das alles nicht überbewertet. Zumindest nicht, bis mich eine Bewohnerin am Ausgang abpasste und mich bat, sie in den Garten zu begleiten. Wie es sich herausstellte, ist sie gut mit meiner Großtante befreundet, zumal sie im gleichen Alter sind. Frau Herlitz, so heißt die Dame, erzählte mir, dass sie sich Sorgen um Margarete macht. Bis vor ein paar Wochen sei sie noch relativ mobil gewesen. Zwar habe sie über Schmerzen in den Beinen geklagt und dass ihr das Alter so viel Mühe mache und sie am liebsten sterben würde. Aber sie habe sie immer wieder aufmuntern können. Dann war es ihr ganz plötzlich schlechter gegangen. Was mich schließlich in diesem Gespräch mit Frau Herlitz aufhorchen ließ, war die Tatsache, dass sie mir erzählte, dass in den letzten zwei Monaten sechs alte Herrschaften, denen es zwar auch schon schlecht gegangen war, aber nicht so schlecht um plötzlich zu sterben, immer früh tot im Bett lagen."

Kate räusperte sich etwas.

„Nun ja, es ist ein Altenheim und wenn die Senioren schon so hochaltrig waren, wie ihre Großtante, dann ist es ja kein Wunder, wenn sie irgendwann versterben."

Frau Jeschke nickte.

„Auch damit haben sie Recht, Frau Schulz und ich hätte sie mit dieser Geschichte nicht belästigt. Nur sagte mir Frau Herlitz, dass vier von ihnen ihr ebenfalls von diesem Engel erzählt hätten und dem Teufel."

Mike hatte gerade die Schalen mit thailändischem Essen in die Küche gestellt, als es an der Tür läutete. Er sah Kate an, die die Achseln zuckte.

„Keine Ahnung", sagte sie und ging zur Tür.

Ihre Überwachungskamera zeigte am Gartentor einen sehr großen, kräftigen Mann mit einer deutlich kleineren Frau.

„Jasmin und Omar", rief sie Mike in der Küche zu und öffnete die Haustür.

Die beiden blieben an dem Gartentor stehen.

„Wir wollen nicht stören."

Jasmin grinste breit und deutete auf Mikes Wagen, der in der Auffahrt stand. Sie erhielt dafür einen leichten Klaps von Omar, der das Gartentor öffnete.

„Ich habe dich noch nicht begrüßt. Schön, dass du wieder da bist."

Behände für einen Mann seiner Größe und Stärke sprang er die Treppen hinan. Kate versank in einer riesigen Umarmung und wurde dabei wortwörtlich von den Füßen gerissen.

„Ich freu mich auch dich zu sehen", keuchte Kate, die Mühe hatte, Luft zu bekommen.

„Wir wollten euch beide morgen zum Brunch einladen, 9.00 Uhr, Café Müller?", sagte Omar, nachdem er Kate behutsam wieder auf die Füße gesetzt hatte.

Inzwischen war auch Mike an die Tür getreten und hatte Omars Worte gehört.

„Klar doch, oder?"

Er sah Kate an, die nickte.

Als Omar wieder die Treppen hinuntersteigen wollte,

hielt Kate ihn zurück.

„Jetzt kommt erst mal rein. Mike hat solche Berge von Essen angeschleppt, da werden locker auch vier Leute satt."

„Und du denkst wirklich, an dieser Sache ist was dran?", fragte Jasmin, nachdem sie, gesättigt von dem thailändischen Essen und einem hochkalorischen Dessert, dass Omar schnell gezaubert hatte, auf der Terrasse saßen.

Es war ein wunderbarer Frühsommerabend und drin zu sitzen wäre wirklich eine Sünde, hatte Kate gesagt, worauf die anderen ihr spontan zugestimmten.

Kate, die in dem bequemen Outdoorsessel lümmelte, hatte von Frau Jeschke und deren Verdacht erzählt.

Omar, der vorsichtig an Kates selbstgemachter Limonade nippte, nickte zufrieden und nahm einen kräftigen Schluck.

„Nicht schlecht, nicht schlecht", murmelte er und lehnte sich zurück.

Dann sah er Kate nachdenklich an.

„Also, wenn diese Frau Jeschke das nur von ihrer Großmutter erzählt hätte…"

„Großtante", warf Kate ein.

„Dann eben Großtante. Also würde ich sagen, die alte Dame leidet an optischen und oder akustischen Halluzinationen, wahrscheinlich als Folge von kognitiven Abbauprozessen oder beginnender Dehydration, wobei es auch die Folge…"

Er brach ab, als er Jasmins Hand auf der seinen spürte.

„Omar, bitte keine medizinische Vorlesung", sagte sie mit leicht gereizter Stimme.

Etwas pikiert rümpfte er die Stirn.

„Dann also ganz einfach, wenn es die Dame denn wünscht. Ich glaube nicht, dass alle fünf ein gemeinsames Wahnsystem haben. Es sei denn, sie liegen in einem Zimmer zusammen?"

Er sah Kate an, die lächelte.

„Wohl kaum. Immerhin handelt es sich um Männer und Frauen." Dann wurde sie ernst.

„Glaubst du, an der Sache könnte was dran sein?"

„Und du?", fragte er prompt.

Kate goss sich noch etwas Limonade nach, während sich Jasmin beim Rotwein bediente, den Kate aus dem Fundus ihrer Quasi-Großmutter entnommen hatte.

Mike hatte sein Weinglas langsam durch die Finger hin und her gleiten lassen und setzte es jetzt ab.

„Also, ich finde das alles schon etwas weit hergeholt. Es gibt keinen Ansatz, als die wilden Fantastereien von ein paar alten Leutchen und die Tatsache, dass in einem Altenheim nun einmal öfter gestorben wird, als anderswo."

„Hm", brummte Kate. „Aber wenn Omar Recht hat und denkt…"

Dieser hatte die Hände gehoben.

„Nein, tut er nicht", unterbrach er sie. „Das war nur so ein Gedankenspiel. Ich glaube, diese Frau Jeschke wurde durch die Heimleiterin nicht gerade freundlich empfangen oder ist mit der Pflege ihrer Großtante nicht zufrieden, was weiß ich. Und nun will sie dem Heim, sprich der Leitung, vielleicht eins auswischen."

Jasmin zog fröstelnd die Schultern nach oben.

Kate hatte es bemerkt.

„Wollen wir rein gehen?", fragte sie, aber Jasmin hatte sich schon erhoben.

„Seid nicht böse, aber ich habe in den letzten Tagen nicht so viel Schlaf bekommen, ich würde gern nach Hause gehen."

Sie sah Omar an, der ebenfalls aufstand.

„Dann wollen wir mal."

Kate brachte die beiden zur Haustür.

„Also, morgen um neun", sagte Jasmin, während sie Kate umarmte. Diese nickte und winkte ihnen nach.

Es war schon nach Mitternacht, die Zeit war schnell vergangen.

Als sie zurück zur Terrasse kam, hatte Mike bereits die Gläser in die Küche getragen, in den Geschirrspüler geräumt und beseitigte gerade die Reste des Abendessens.

Kate lehnte sich an den Küchenschrank und beobachtete ihn.

„Du bist ja der perfekte Hausmann", lobte sie und lächelte ihn an.

Er hängte das Geschirrtuch an den vorgesehenen Haken und erwiderte ihr Lächeln.

„Als Vorstand eines Singlehaushaltes bin ich das gewohnt", sagte er und wischte sich die Hände ab.

Dann lehnte er sich neben Kate an den Schrank.

Eine Weile schwiegen sie, dann sagte er: „Gut, dann
will ich mal los."

Er stemmte sich am Schrank ab und wollte in Richtung Tür, als Kate ihn sanft am Arm zurückzog.

Er stoppte, blieb stehen, sah sie aber nicht an.

„Willst du es wirklich?", fragte er leise und lächelte
befreit, als er Kates „Ja" hörte.

Kate setzte sich auf die Bettkante und schüttelte leicht den Kopf. Dann sah sie nach rechts und neben ihr war das Bett zerwühlt, aber leer.

Dafür zog Kaffeeduft durch das gesamte Haus.

Ihr Blick fiel zur Uhr, kurz vor sieben. Sie gähnte, streckte sich und ging ins Bad.

Nach einer ausgiebigen Dusche ging sie, nur mit einem Longshirt bekleidet, in die Küche, wo Mike am offenen Fenster saß und einen großen Kaffeepott Kaffee in der Hand hielt.

„Hi", sagte sie und fuhr ihm mit der Hand durch das noch zerzusselte Haar. Er ergriff ihre Hand und drückte sie an seine Wange.

„Du kratzt", stellte sie fest und drückte ihren Mund auf den seinen. Er schmeckte nach Kaffee und etwas Seife.

„Ich dachte, ich kann einen Kaffee nach der kurzen Nacht brauchen und du sicher auch? Wir haben ja noch ein bisschen Zeit."

Kate nickte und nahm sich ebenfalls einen Pott.

„Wir haben noch etwas Zeit. Gehen wir eine Runde joggen?", fragte sie und setzte sich halb auf das Küchenunterteil.

Mike runzelte die Stirn.

„Ich habe keine Schuhe mit", wehrte er halbherzig ab.

Kate lachte.

„Du bist ein Lügner, Hauptkommissar Köhler, und ein schlechter dazu. Du hast immer deine Sportsachen im Auto, genau wie ein frisches Hemd und eine

Zahnbürste, falls du einmal bei einer alleinstehenden Dame übernachtest."

Mit einem Satz war er bei ihr und nahm sie in den Arm.

„Ich hätte da eine Alternative zum Joggen, soll auch der Fitness dienen", flüsterte er und warf sie sich kurzerhand über die Schulter.

Dabei ignorierte er Kates halbherzige Verteidigungsversuche, während er in Richtung Schlafzimmer marschierte.

„Na, wurde wohl spät gestern Abend?", unkte Jasmin, als Mike und Kate mit Verspätung im Café Müller ankamen.

Omar hatte sich erhoben, umarmte Kate und klopfte Mike auf die Schulter.

„Lasst euch nicht ärgern", sagte er und zeigte auf seinen üppig gefüllten Teller.

„Ihr werdet Hunger haben", ergänzte er und blinzelte ihnen verschwörerisch zu.

Unwillkürlich musste Kate lachen.

Vor den beiden konnte man wirklich nichts verheimlichen. Sie nickte Mike zu und sie bedienten sich an dem Büfett, das gut bestückt war.

Als sie wieder Platz genommen hatten, ließ Mike seinen Blick zufrieden über den Tisch schweifen und sagte schließlich: „Genau so kann ein freier Samstag starten."

Noch ehe Kate etwas erwidern konnte, klingelte ihr iPhone. Erstaunt sah sie auf die Nummer und hob es achselzuckend an ihr Ohr.

„Schulz", meldete sie sich gewohnt kurz.

Dann lauschte sie eine Weile, dann sagte sie leise.

„Mein Beileid. Ich werde mich wieder bei ihnen melden, heute noch. Ist das für sie in Ordnung?"

Sie legte das iPhone zurück auf den Tisch und stützte den Kopf in ihre Hand.

Omar runzelte die Stirn. „Ist es das, was ich vermute?"

Kate nickte. „Ja, es war Frau Jeschke, ihre Großtante ist heute Nacht verstorben."

Kapitel 4

„Du willst was?"

Michaela „Michi" Heimat, Geschäftsführerin des gleichnamigen Pflegedienstes, starrte ihre ehemalige Schulfreundin an, als habe diese komplett den Verstand verloren.

„Ich will verdeckt in diesem Heim Haus *Abendrot* ermitteln und das kann ich nur, wenn ich dort einigermaßen authentisch rüberkomme."

Kate sah Michi an und zuckte mit den Schultern.

Diese schüttelte nur mit dem Kopf und wanderte, die Arme über den voluminösen Busen gekreuzt, auf und ab.

„Authentisch? In der Pflege?", fragte sie und sah Kate stirnrunzelnd an.

Diese verlor allmählich die Geduld.

„Michi, das ist nicht mein erster Undercovereinsatz, also bitte."

Ihre Schulfreundin blieb stehen, setzte sich schließlich in einen Sessel und schlug die Beine übereinander, sodass ihr eleganter Kostümrock etwas nach oben rutschte und ihre wohlgeformten Beine sichtbar wurden.

„Gut, das streite ich ja nicht ab", sagte sie schließlich.

„Aber in der Pflege, hast du davon überhaupt Ahnung?"

Kate beugte sich etwas zu ihr hinüber.

„Nein und ich will mich natürlich nicht als Pflegefachkraft ausgeben. Das würde doch sofort auffliegen. Ich will mich als Helferin bewerben, die suchen immerhin welche, auch im Pflegeheim *Abendrot*. Deswegen bin ich ja bei dir, kannst du mich nicht etwas einarbeiten in den Pflegebereich?"

Michi warf den Kopf nach hinten und lachte los.

„Toll. Eine ehemalige FBI Agentin in der Altenpflege. Was ich für den Plot eines schlechten Agentenfilms halten würde, spielt sich plötzlich direkt in meinem Büro ab, na prima."

Schließlich wurde sie ernst und musterte Kate.

„Du willst das wirklich durchziehen?", fragte sie nach und Kate nickte.

„Michi, in diesem Pflegeheim läuft wahrscheinlich eine ganz bizarre Sache ab."

Dann seufzte sie. „Oder eben auch nicht. Vielleicht ist es auch nur die kollektive Fantasie einiger alter Herrschaften. Ich weiß selbst nicht, was ich von der ganzen Sache halten soll. Aber ob etwas dran ist oder nicht, dass bekomme ich nur vor Ort heraus. Und dazu kann ich nicht als Besucherin aufkreuzen. Da würde doch jeder sofort dicht machen. Ich muss direkt in den Pflegebereich hinein, ohne das jemand ahnt, dass ich in Wirklichkeit ermitteln will."

Sie sah ihre Schulfreundin verständnisheischend an.

Michaela Heimat erhob sich, strich ihren Rock zurecht und rieb die Hände aneinander.

„In Ordnung, ich helfe dir. Beziehungsweise hilft dir unsere Schwester Angelika. Eigentlich ist sie unsere Praxisanleiterin, aber wer mit schwierigen Auszubildenden zurechtkommt, schafft das auch mit einer durchgeknallten Privatdetektivin."

Michi schmunzelte wieder etwas.

Der Gedanke, Kate in der Altenpflege im vollen Einsatz zu sehen, amüsierte sie doch mehr, als sie es sich ansehen lassen sollte.

Aber wenn sie ihre alte Schulfreundin nach all den Jahren noch richtig einschätzte, dann war sie jemand, der sich zu 100% in eine Sache verbeißen konnte.

„Gut", sagte sie schließlich. „Meine Unterstützung hast du. Also dann leg dir einen Kittel zu, am besten gleich im Berufsmodengeschäft hier unten an der Ecke. Und dann bist du morgen früh um 6.00 Uhr hier im Büro, aber bitte pünktlich!"

Mit einem Klaps auf die Schulter verabschiedet sie Kate.

Schwester Angelika war eine schlanke Frau in den Fünfzigern, die Kompetenz, aber auch Sympathie ausstrahlte, als Kate ihr, zugegeben etwas verschlafen, gegen 6.00 Uhr am nächsten Morgen vorgestellt wurde.

Michaela Heimat hatte ihrer Praxisanleiterin reinen Wein einschenken müssen, Kate aber versichert, dass Angelika absolut verschwiegen sein würde.

Das sie einer ehemaligen FBI Agentin die ersten Schritte in der Altenpflege beibringen sollte, schien die Krankenschwester nicht sonderlich zu beeindrucken.

Sie schien entschlossen, Kate wie jede andere Praktikantin, die sie zahlreich unter ihren Fittichen gehabt hatte, zu behandeln. FBI hin oder her.

Nach einer Einweisung in die Notwendigkeit der Hygiene, ging es mit dem Auto durch den morgendlichen Verkehr zur ersten Klientin, einer alten, bettlägerigen Dame, die komplett im Bett gewaschen werden musste.

Am Nachmittag dieses ersten Tages schwirrte Kate der Kopf von Begriffen wie Dekubitusprophylaxe und ähnlichem.

Sie hatte vier, meist ältere Herrschaften, komplett waschen müssen, hatte Betten bezogen, Inkontinenzmaterial gewechselt und bei Wundverbänden assistiert.

Zwei Mal war es ihr so schlecht geworden, dass sie fast versucht gewesen wäre, den Einsatz abzubrechen, aber Schwester Angelikas Blick hatte sie dann doch davon abgehalten. „Merken sie sich eins, Kate. Es ist keine Schande, dass es einem schlecht wird, das ist menschlich. Wir dürfen es nur unseren Patienten nicht zeigen. Wie sollen sie sich fühlen, wenn sie spüren, dass wir uns vor ihnen ekeln?"

Ihre Achtung vor einer Tätigkeit in der Pflege war von Stunde zu Stunde gestiegen.

Dies war ein Bereich, mit dem sie sich nie beschäftigt hatte und es war nicht nur die starke körperliche Belastung, die sie schon, obwohl sie sich für fit und durchtrainiert, nach ein paar Stunden zu spüren bekam. Es war auch die psychische Belastung, der Umgang mit Alter, Schmerzen, Krankheit und auch Streben.

Als Schwester Angelika sie schließlich gegen 14.00 Uhr mit einem „Na, das ging doch schon ganz gut", entließ, fühlte sie sich enorm stolz.

„Du bist immer noch davon überzeugt?", fragte sie auch Mike an diesem Abend, als er bei ihr im Wohnzimmer saß.

Da er von ihrem stressigen Tag wusste, hatte er etwas aus dem neuen indischen Restaurant mitgebracht und lächelte, als er sah, wie sich Kate hungrig darauf stürzte. Mit vollem Mund nickte sie nur.

Er klopfte ihr auf die Schulter. „Respekt."

Sie lächelte und schluckte hinunter.

„Naja, ich muss schon noch einiges lernen bei Schwester Angelika. Aber sie hat versprochen, mich in einer Woche wenigstens so fit zu machen, dass ich mich als ungelernte Pflegekraft im Haus *Abendrot* bewerben kann, ohne gleich einen Schock zu bekommen und auch einige Abläufe einschätzen zu können."

Mike nahm noch etwas von dem Brot und wischte sein Curry damit zusammen.

„Schmeckt wirklich toll, das sollten wir öfters machen", murmelte Kate und lehnte sich mit einem Seufzer zurück.

Schließlich erhob sie sich und nahm einige Dokumente aus der Schublade und reichte sie Mike, der nach einer Weile den Kopf schüttelte.

„Steven?", fragte er und versuchte missbilligend zu klingen, was ihm angesichts seiner Bewunderung für die Dokumente einfach nicht gelingen wollte.

Kate nickte.

Steven hatte ihr eine gute Vita verpasst, die nahe an ihrer eigenen Biografie lag, aber in den entscheidenden Punkten abwich.

Aus Katherina Schulz war Katja Schulze geworden, das Geburtsdatum war geblieben, lediglich den Geburtsort hatte er verändert.

Auch jene Katja hatte Deutschland verlassen, danach einige Jahre im Ausland gelebt, allerdings in New York und dort gejobbt, vor allem als Kellnerin.

Durch eine Beziehung sei sie zurück nach Deutschland und nach Plauen gekommen. Diese Beziehung hatte sich aber relativ schnell zerschlagen und sie einigermaßen kopf- und vor allen Dingen bargeldlos zurückgelassen.

Hier kam Michaela Heimat ins Spiel.

In Kates Vita war diese ihr in einem Café begegnet, man war ins Gespräch gekommen und diese hatte ihr letztendlich nicht nur eine vorrübergehende Arbeitsstelle in ihrem Pflegedienst angeboten, sondern auch Wohnraum verschafft.

Leider kannte sich Kate oder vielmehr Katja erstens nicht in Plauen aus und zweitens besaß sie keinen Führerschein und war so langfristig für ein Arbeitsverhältnis in einem ambulanten Pflegedienst nicht geeignet.

Also sah sie sich jetzt nach einem Arbeitsort um, den sie mit der Straßenbahn erreichen konnte.

Mike sah sich die Dokumente nochmals an.

„Naja, ziemlich gut durchdacht und wirklich klasse hergestellt. Aber das ist schon alles ziemlich an der Illegalität, das weißt du hoffentlich.", sagte er, wieder kopfschüttelnd.

Kate hatte sich erhoben, um den Tisch abzuräumen. „Jetzt tu nicht so. Soll ich dort aufkreuzen und mich mit meinem wirklichen Namen vorstellen? Mit drei Mausklicks hätte doch jeder sofort heraus, wer ich wirklich bin und vor allen Dingen, was ich beruflich mache. Steven ist nahe, naja, ziemlich nahe, an der Wahrheit geblieben. Das ist ein alter Geheimdiensttrick. So ist die Chance, sich zu verplappern, relativ gering."

Was Kate so lapidar ausdrückte, war einfaches Geheimdienstwissen und auch für FBI Agenten, die oft undercover ermitteln mussten, überlebensnotwendig. Mike wusste, dass Kate einige, nicht ganz ungefährliche, Undercovereinsätze in Amerika hinter sich hatte. Ben, ihr ehemaliger FBI Partner, hatte es ihm bei seinem Aufenthalt hier in Deutschland erzählt, als zu befürchten war, dass es eben diese Fälle in Kates Vergangenheit gewesen sein könnten, die zu ihrer Entführung geführt hatten.

In diesem Fall jetzt, in dem Kate in einem Pflegeheim ermitteln wollte, würde es aber, dass hoffte Mike zumindest, nicht um Leben und Tod gehen.

Dorothea Heinzmann, die Heimleiterin des Pflege-
heims, Haus *Abendrot*, sah auf die Frau, die vor ihrem
Schreibtisch saß und ihre Hände aufgeregt knetete.

„Gut so", dachte sie.

Sie mochte es nicht, wenn Bewerber zu forsch und
selbstbewusst auftraten. Bei vielen war es nur heiße
Luft und nichts dahinter.

Andere wiederum waren potentielle Störenfriede
oder sogenannte Weltverbesserer, die es sich zur
Aufgabe gemacht hatten, den Pflegebereich zu revo-
lutionieren.

Aber nicht in ihrem Heim!

Da war ihr so ein bescheidenes, zurückhaltendes
Auftreten doch gleich viel lieber und verschaffte dieser Bewerberin vor ihr spontan Bonuspunkte.

Diese Katja Schulze war nicht mehr zu jung, um ver-
rückten Hirngespinsten nachzujagen, aber auch noch
nicht so alt, um die Folgen des Pflegeberufes alsbald
zu spüren, wie Rückenbeschwerden und Schlafprob-
leme.

Laut ihrem Lebenslauf hatte sie weder Partner noch
Kinder, das machte sie für einen Arbeitgeber noch
attraktiver, zumal es um Schichtdienste ging.

„Und warum wollen sie ausgerechnet im Pflegesek-
tor arbeiten, Frau Schulze? Wie ich lese, waren sie in
Amerika vorwiegend in der gastronomischen Branche tätig."

Kate hob den Kopf und sah die Heimleiterin zum
ersten Mal direkt an.

„Ich habe meine Mutter gepflegt", sagte sie leise, als

wolle sie nicht darüber sprechen.

Die Heimleiterin nickte mit verständnisvoller Miene.

„Nun, das ist löblich", säuselte sie.

Eigentlich interessierte es sie überhaupt nicht, ob die Bewerberin ihre Mutter gepflegt hatte oder nicht.

Das konnte vielleicht von Vorteil sein, oder aber auch nicht. Private Pflege war immer so eine Sache. Aber das die junge Frau in der Gastronomie gearbeitete hatte, war für sie von Interesse. Dann war sie ja Schichtarbeit und Wochenendarbeit ebenso gewohnt wie eine nicht eben üppige Entlohnung.

„Falsche Schlange", dachte Kate, die das geheuchelte Interesse der Heimleiterin sehr wohl durchschaute und war froh, dass ihr Gegenüber nicht ihre Gedanken lesen konnte.

Selten war ihr ein unsympathischerer Mensch untergekommen als diese Heinzmann, in deren Nähe es wie im Inneren eines Aschebechers roch.

Außerdem, davon war Kate überzeugt, stand sicher hinter einem der dekorativ angeordneten Akten eine oder mehrere Flaschen Hochprozentiger.

Aber das war erst einmal nebensächlich, wichtig war, dass die Heimleiterin die Kröte schluckte und sie anstellte.

Also entschloss sich Kate jetzt behutsam nachzulegen.

„Ich habe danach auch ehrenamtlich in einer Seniorenwohngemeinschaft mitgeholfen, wann immer es meine Arbeit als Kellnerin zuließ", sagte sie leise.

Die Heimleiterin nickte wieder und hob etwas die

Hand.

„Das ehrt sie, Frau Schulze. Aber natürlich ist der Ablauf in einem Heim ein anderer als in der Privatpflege oder im Ehrenamt."

Das musste sie besser gleich richtigstellen.

Nicht das die Bewerberin dachte, hier ginge es gemütlich und ruhig zu. Sie wusste ja selbst nicht, wie ein Seniorenheim in den USA personell aufgestellt war. Mochte sein, dass es dort viel ehrenamtlich Tätige gab, hier herrschten andere Sitten.

Als Kate nichts sagte, lehnte sich die Heimleiterin zurück und spielte mit einem Kugelschreiber.

„Nun, ich will ihnen nicht verschweigen, Frau Schulze, dass ich Michaela, ich meine natürlich Frau Heimat vom gleichnamigen Pflegedienst, angerufen habe. Sie ist sehr angetan von ihnen und bedauert, dass sie ausscheiden müssen, da sie ja keine Fahrerlaubnis haben. Sie hat sie mir anempfohlen."

„Michaela", dachte Kate spöttisch. Das war jetzt wohl der Gipfel der Unverschämtheit.

Michaela Heimat kannte diese Schnippdistel Dorothea Heinzmann überhaupt nicht und da Kate noch vorhin mit Michi gesprochen hatte, wusste sie, dass ein solches Telefonat auch nie stattgefunden hatte.

Das Kate keine Fahrerlaubnis besaß, musste sie also nur aus ihren Unterlagen ablesen und so eins und eins kombinieren.

„Das freut mich", sagte Kate stattdessen und lächelte etwas.

Die Heimleiterin nickte wieder und erinnerte Kate inzwischen an eine hyperaktive Giraffe.

Schließlich runzelte sie kurz die Stirn. „Aber sie sind nicht in Amerika geboren, oder?"

Kate war überzeugt, dass die Heinzmann sehr genau ihren Lebenslauf gelesen hatte.

„Nein, ich bin hier in der Nähe geboren, in Zeulenroda, aber meine Eltern sind mit mir nach Amerika ausgereist. Als ich meinen damaligen Freund kennenlernte, der Plauener ist und mich wieder mit nach Deutschland nehmen wollte, war ich begeistert. Aber naja."

Sie senkte den Kopf und hoffte, nicht zu theatralisch rüberzukommen.

„Ja, in manch einer Beziehung kann man nicht drinstecken", sagte die Heimleiterin lapidar, die scheinbar kein gesteigertes Interesse an Kates Privatleben hatte.

Mit Sicherheit wollte sie mit dieser Frage nur den Wahrheitsgehalt ihrer Angaben überprüfen.

Eine sehr misstrauische Dame, wie Kate regisitirierte.

Dann erhob sich Frau Heinzmann plötzlich und auch Kate sprang beflissen auf.

„Ich denke, wir sollten es miteinander probieren. Ich würde ihren Arbeitsvertrag ausfertigen lassen und wenn sie möchten, können sie bereits morgen starten", sagte die Heimleiterin mit dem noch immer gleichen Lächeln, was sie wohl für sehr überzeugend hielt.

Lauernd sah sie Kate dabei an.

Diese schien ihre Erwartungen auch prompt zu erfüllen.

„Das wäre wunderbar, gerne. Wo soll ich mich melden?"

Wohlwollend lächelte die Heimleiterin wieder.

„Ich werde unsere Pflegedienstleitung gleich informieren."

Sie drückte auf einen Knopf am Telefon und sagte, nicht gerade um einen freundlichen Ton bemüht:

„Schwester Britta, kommen sie eben mal kurz in mein Büro."

Ohne eine Bestätigung abzuwarten, nahm sie die Bewerbungsmappe von Kate in die Hand und ging zur Tür.

„Frau Preil, machen sie den Arbeitsvertrag für Frau Schulze fertig, wie besprochen."

Die Mappe warf sie mit einer eleganten Handbewegung auf den Schreibtisch der jungen Frau, als durch die Tür eine sehr zierliche Gestalt gehuscht kam.

„Ah, Schwester Britta."

Die Heimleiterin wies sie in ihr Büro, wie man einen Hund in sein Körbchen weisen würde.

„Es fehlt bloß noch, dass sie *Platz* sagt", dachte Kate und schenkte der Eintretenden ein Lächeln, was diese scheu erwiderte.

Dorothea Heinzmann bot der Pflegedienstleiterin, einer brünetten Mittvierzigerin, allerdings keinen Platz an, sondern deutete auf Kate, die auch noch mitten im Raum stand.

„Das ist ihre neue Mitarbeiterin. Katja. Ich darf doch

Katja sagen?"

Kate beeilte sich zu nicken.

„Gut. Also, Katja kann morgen bereits anfangen. Sie hat auch schon etwas Pflegeerfahrung, allerdings im privaten Bereich, sowie sehr kurz im Pflegedienst Heimat. Sie hat keine Fahrerlaubnis und ist daher nicht für den Pflegedienst geeignet. Deshalb hat sie sich bei uns beworben, da wir auch gut mit der Straßenbahn erreichbar sind, nicht wahr, Katja?"

Kate beeilte sich zu nicken.

„Das und die Tatsache, dass Frau Heimat mir empfohlen hat, mich hier zu bewerben."

Die Pflegedienstleiterin, die unter dem Blick der Heimleiterin förmlich zusammenzusinken schien, murmelte nur: „Das ist schön."

Mit einer Geste, die einer Königin würdig gewesen wäre, komplimentierte die Heimleiterin Kate und Schwester Britta hinaus.

„Einen schönen Anfang", sagte sie noch und schloss geräuschvoll die Tür.

Inzwischen hatte Frau Preil, die Sekretärin, den Arbeitsvertrag ausgefertigt und legte ihn Kate zur Unterschrift vor.

Als diese das geradezu lächerliche Gehalt sah, war sie fast versucht, diese unwürdige Komödie zu beenden, aber dann beherrschte sie sich.

Immerhin hatte sie schon unter weit schlimmeren Bedingungen undercover gearbeitet.

Also unterschrieb sie, ohne eine Sekunde zu zögern.

Die Pflegedienstleiterin führte Kate im Anschluss durch das ganze Haus und blieb schließlich mit ihr vor einer Tür stehen.

„Das hier ist unser Wohnbereich 3, hier werden sie ab morgen eingesetzt, Katja", sagte sie leise und ging mit ihr hinein.

Die beiden langen Flure strahlten in hellem Gelb und Bilder mit warmen Landschaftsaufnahmen rundeten den freundlichen Eindruck ab.

In einem offenen Halbrund saßen einige, teils hochaltrige Leute am Tisch und schauten auf einen riesigen Fernseher, der mit plärrendem Ton eine Quizshow wiedergab.

Zwischen den alten Herrschaften sprang eine junge, korpulente Frau in bunt gestreiften Kittel hin und her und brachte ihnen Milch.

Einigen hielt sie einen Schnabelbecher an die Lippen.

„Trinken, schön trinken", sagte sie im immer gleichbleibenden Tonfall mit deutlich hörbarem Dialekt.

„Das ist Anastasia, unsere Betreuungskraft", erläuterte Schwester Britta und führte Kate in einen kleinen Raum, von dem aus man diesen Aufenthaltsraum gut im Blick hatte.

„Das ist unser Dienstzimmer. Hier findet unter anderem die Dokumentation statt."

Ein großer, sehr kräftiger junger Mann mit deutlichen Speckringen, die sich unter einem, mindestens zwei Nummern zu kleinem, Poloshirt abzeichneten, trat ein.

„Katja, das ist Pfleger Holger. Holger, das ist Katja,

sie fängt morgen als Hilfskraft bei uns an."

Kate nickte ihm zu, was nicht erwidert wurde.

Mit finsterer Miene sah der Pfleger sie von oben bis unten an.

„Und wie lang bleibt die diesmal?", knurrte er und drehte ihr einfach den Rücken zu, um im Schrank etwas zu suchen.

Die Pflegedienstleiterin ließ das Verhalten unkommentiert und deutete Kate, mit ihr nach draußen zu gehen.

„Sie müssen das entschuldigen. Er ist ein sehr kompetenter Pfleger, aber wir haben in letzter Zeit eine Menge." Sie zögerte kurz und atmete durch. „Ich will es mal so formulieren, Schiffbruch erlitten, hinsichtlich Personals", ergänzte sie schließlich.

Kate sah sie erstaunt an.

„Wieso?", fragte sie vorsichtig.

„Nun ja, einige Einstellungen haben sich nicht als sehr glücklich erwiesen. Entweder waren die neuen Mitarbeiter völlig ungeeignet für diesen Beruf oder…" Sie brach ab und schüttelte leicht den Kopf.

Kate ahnte, was Schwester Britta besser nicht sagte. Das einige Mitarbeiter wohl unter diesen Bedingungen und für das Geld nicht arbeiten wollten.

Die Begegnung mit dem Pfleger hatte ihr alles gesagt. Nun lächelte ihr die Pflegedienstleiterin freundlich zu, ein Lächeln, das diese erwiderte.

„Bei ihnen habe ich einen guten Eindruck, Katja. Ich hoffe, sie arbeiten sich schnell ein. Morgen früh ist auch die Wohnbereichsleiterin, Schwester Kathrin, da. Sie wird ihnen in den ersten Tagen zur Seite stehen und sie einarbeiten. Morgen früh um kurz vor sechs Uhr hier auf dem Wohnbereich?"

Kate nickte.

Als sie den Wohnbereich verlassen wollte, kam Schwester Britta hinter ihr her.

„Und noch etwas Katja. Sollte irgendetwas sein, ganz gleich was, bitte kommen sie immer zuerst zu mir und nicht zu Frau Heinzmann, ja?"

Kapitel 5

Die Wohnbereichsleiterin, Schwester Kathrin stellte sich als eine sehr ruhige, gewissenhafte Krankenschwester heraus, die schon, seit eigener Aussage, zehn Jahre im Haus *Abendrot* tätig war.

Sie erinnerte Kate an die kompetente Schwester Angelika, die ihr im Pflegedienst *Heimat* die ersten Schritte in der Pflege, mehr oder weniger erfolgreich, versucht hatte beizubringen.

Auch Schwester Kathrin war sehr flink, konnte gut erklären, was bei der Geschwindigkeit, mit der sie arbeitete, nicht einfach war.

Mit Kate war sie immer in ein sogenanntes Doppelzimmer gegangen, sodass ein Bewohner von ihr und der andere von Kate gewaschen und angezogen werden konnte.

Dabei legte die Schwester ein Tempo vor, bei dem Kate nach dem zweiten Zimmer der Schweiß über den Rücken rann.

Nach dem dritten Zimmer lehnte sich Kate im Flur demonstrativ gegen die Wand und stöhnte leise auf. Nicht, dass sie nicht länger durchgehalten hätte, soviel Kondition hatte sie, aber sie erreichte mit der Geste genau das Ziel.

Schwester Kathrin, die gerade ihren Bewohner in den Rollstuhl gesetzt hatte und im Laufschritt mit ihm Richtung Aufenthaltsraum unterwegs war, bremste ab und warf Kaste einen verständnisvollen Blick zu.

„Ist wohl bisschen viel für den ersten Tag? Schnaufen sie kurz durch", sagte sie mit einem Augenzwinkern

und schob den Bewohner in Richtung Aufenthaltsraum.

„He, bist du nur zu Deko hier oder geht auch arbeiten?"

Der korpulente Pfleger Holger stand plötzlich neben
ihr und sah sie lauernd an.

Als sie nicht reagierte, ergänzte er: „Pass mal auf, um
halb acht sitzen unsere Oldies gestiefelt und gespornt
im Aufenthaltsraum, also mach hin."

Das unterstrich er mit einem derben Griff um Kates
Schulter.

Diese fuhr herum.

„Finger weg", fauchte sie ihn an und als er mit brei-
tem Grinsen den Druck noch verstärkte, befreite sie
sich mit einer schnellen Drehung aus seinem Griff,
indem sie ihm den Arm gekonnt so auf den Rücken
drehte, das er schmerzvoll aufkeuchte.

Sie ließ ebenso blitzartig wieder los, sodass er nach
vorn stolperte, heftig gegen die Tür des Dienstzimmers prallte, die geräuschvoll ins Schloss knallte und
sich schließlich gerade noch so abfing, um nicht zu
Boden zu gehen.

Während er sich mit schmerzverzogenem Gesicht
den Arm rieb, maß er Kate von oben bis unten.

„Was bist denn du für eine Kampflesbe?", stieß er mit
zusammengebissenen Zähnen hervor.

Kate grinste jetzt ihrerseits.

Scheinbar hatte sie doch etwas härter als beabsichtigt
zugepackt, aber das geschah dem Kerl ganz recht.

„Tja, wer in den Kneipen von New York mit den

Kerlen fertig wird, schafft es hier wohl auch mit so einem aufgeblasenen Kleinstadtrambo."

Wohl wissend, sich jetzt einen Feind geschaffen zu haben, ließ Kate ihn stehen und ging zu Schwester Kathrin, die das Szenario aus sicherem Abstand beobachtet hatte.

Schweigend deutete sie Kate, mit ihr ins nächste Zimmer zu gehen.

Dort sah sie Kate lange an.

„Ich glaube nicht, dass es klug war, sich mit Holger anzulegen."

Kate sah sie erstaunt an.

„Wieso?", fragte sie.

Die Schwester zuckte ihre schmalen Schultern.

„Er ist der Neffe von Frau Heinzmann", sagte sie in einem Tonfall, der alles erklärte.

Kate, die das Thema Holger nicht vertiefen wollte, fragte stattdessen: „Warum sind drei Zimmer nicht belegt? Ich dachte, es gibt sogar Wartelisten für einen Heimplatz hier in der Stadt?"

Schwester Kathrin, die Kate eine gefüllte Waschschüssel in die Hand drückte und auf einen Mann deutete, der schon am Bettrand saß, sagte leise: „Wir hatten einige Bewohner, die innerhalb kurzer Zeit verstorben sind."

„Ja, ja, der Todesengel war da", murmelte der alte Mann.

„Ach, Herr Klausner, nun erzählen sie doch nicht solche Sachen. Und jetzt fix, Katja hilft ihnen beim Waschen", sagte Kathrin jetzt lauter und fuhr sich

mit der Hand ein paar Mal vor dem Gesicht hin und
her.

Kate verstand die Geste, sie besagte, dass der alte
Herr wohl nicht ganz richtig im Kopf war.

Aber als sie zu ihm trat, hob er den Kopf und zwei
sehr klare, wache Augen sahen sie eindringlich an.

„Natürlich musste unsere smarte Ex-FBI Agentin bereits am ersten Arbeitstag einen Mitarbeiter Schachmatt setzen", unkte Mike, als sie sich am Nachmittag in Kates Büro trafen.

Steven, das Universalgenie in Punkto IT und Organisation, hatte für Katja Schulze eine Einraumwohnung auf der Bahnhofstraße angemietet.

Immerhin konnte die ehemals jobbende Kellnerin und jetzige Pflegehilfskraft nicht in einer repräsentativen Villa am Stadtpark wohnen.

So konnte Kate unauffällig in ihr Büro kommen, das sie durch die Kaffeerösterei im Erdgeschoß ungesehen von draußen erreichte.

Kate lachte.

„Naja, wenn der Kerl zudringlich wird. Er wollte mir wohl zeigen, wo ich in der Hackordnung stehe, die er scheinbar aufgestellt hat. Ein richtig unangenehmer Zeitgenosse übrigens, genau wie seine Tante."

Sie hatte die Füße hochgelegt und nippte an ihrer Kaffeetasse.

„Ich bin völlig k.o. Zur Strafe hat mich der Kerl den ganzen Tag umhergescheucht, das war seine Rache", sagte sie und streckte sich.

Mike sah sie eindringlich an.

„Willst du heute Abend wirklich in dieser Bude übernachten?"

Er deutete nach schräg gegenüber.

Kate schüttelte den Kopf.

„Nein, natürlich nicht. Aber es ist ein richtig gut eingerichtetes Zimmer, das wir auch behalten werden, falls es wieder einmal einen Einsatz gibt oder einfach um jemand unterzubringen. Steven hat auch ein paar Raffinessen installiert, dass es bewohnt aussehen lässt, falls mein neuer Arbeitgeber mir nachspionieren sollte."

Mit einem Seufzen erhob sie sich und stellte die Kaffeetasse ab.

„Noch habe ich nichts herausgefunden, aber einer der alten Herrschaften hat eine Bemerkung zu einem Todesengel gemacht. Zwar hat die Schwester so getan, als sei er nicht ganz in Ordnung im Kopf, aber ich denke, das ist er sehr wohl. Leider hatte ich keine Zeit mich mit ihm zu unterhalten, da ich ja, dank meines neu geschaffenen Freundes Pfleger Holger, reichlich mit Arbeit eingedeckt war."

Mike strich ihr zart über den Arm.

„Und das willst du für längere Zeit aushalten?", fragte er skeptisch und Kate winkte ab.

„Ich hoffe, dass länger kürzer ist und ich bald etwas herausfinde. Ich möchte mein Arbeitsverhältnis im Haus *Abendrot* nicht länger als nötig aufrechterhalten, zumal es äußerst schlecht honoriert wird."

Mike seufzte etwas und Kate wusste, dass er, der von Anfang an etwas gegen ihren Einsatz hatte, es nun bestätigt sah. Aber er hütete sich auch, Kate direkt zuzureden, den Einsatz abzubrechen.

„Also, Omar hatte ja schon die Idee, die Großtante von dieser Frau Jeschke gerichtsmedizinisch zu untersuchen, aber dazu bekomme ich von keinem Staatsanwalt der Welt einen Beschluss. Der lacht mich doch aus, wenn ich dem mit Engel und Teufel komme", sagte er schließlich.

Kate nahm ihre Tasse, um sie hinüber in die kleine Büroküche zu tragen. Sie sah aus dem Fenster. Das war doch nicht die Möglichkeit?

„Mike, kommst du mal bitte", sagte sie und als dieser hinter sie trat, deutet sie nach schräg gegenüber.

„Schau mal, wer sich da für meine Adresse zu interessieren scheint."

Mike beugte den Kopf etwas zu Seite. „Dieser Kerl ist?"

Kate nickte. „Ja, Pfleger Holger."

Schon am nächsten Tag fand Kate eine Gelegenheit für ein Gespräch mit dem älteren Herrn, der gestern ihr und Schwester Kathrin gegenüber diese Bemerkung mit dem Todesengel gemacht hatte.

Herr Konrad saß in der Badewanne und da er nicht allein bleiben durfte und konnte, hatte sie ein gutes Alibi für ein längeres Gespräch.

Sie plauderten so über dies und jenes, zumal sich Herr Konrad für ihre Zeit in Amerika interessierte.

„Ach, das war unser großer Traum, von mir und meiner Frau. Einmal nach New York."

Er seufzte.

„Erst konnten wir nicht reisen und als die Wende kam, war meine Frau zu krank."

Sie schwiegen eine Weile, während Kate noch etwas warmes Wasser nachließ.

Als sie ihm dann den Rücken wusch, was er sichtlich genoss, fragte sie schließlich: „Sagen sie, Herr Konrad, was war das mit dem Todesengel, der hier angeblich umgeht?"

Der alte Herr versteifte sich etwas und sagte nichts.

Kate spülte ihm den Rücken ab und trat nach vorn, sodass er sie sehen konnte.

„Wollen sie noch ein bisschen in der Wanne bleiben?", fragte sie und der Mann nickte.

„Wenn sie keine Schwierigkeiten bekommen, junge Frau?"

Kate lächelte. „Wieso sollte ich das?"

Er wog den Kopf hin und her.

„Hier muss alles fix gehen, auch das Waschen und

das Baden."

Er zuckte die Schultern.

Kate ließ noch mehr warmes Wasser nach und er stöhnte genussvoll.

„Das ist schön", murmelte er und bewegte ganz langsam die Beine auf und ab.

Kate wollte nicht noch einmal ihre Frage stellen.

Wenn Herr Konrad glaubte, sie wolle ihn nur aushorchen, dann würde er dicht machen und gar nichts mehr sagen.

Plötzlich flog die Tür auf und, ohne anzuklopfen, stand Holger im Bad.

„Wie lang willst du hier noch rumbummeln? Seit einer halben Stunde bist du hier drin, da habe ich schon zwei Leute in der Zeit gebadet. Also mach hin."

Er sah Kate mit finsterer Miene an.

Diese reagierte gar nicht, sondern fragte den alten Herrn: „Ist es ihnen so angenehm, Herr Konrad, oder soll ich noch etwas warmes Wasser nachlassen?"

Holger trat neben sie, so nah, dass sie seinen Atem, der nach Rauch roch, auf der Wange spürte.

„Hast du mich verstanden?"

Seine Stimme war gefährlich leise und Kate sah, wie Herr Konrad ängstlich zu ihr aufsah.

„Ich denke, ich möchte jetzt aus der Wanne heraus, Katja", sagte er leise, scheinbar, um ihr nicht noch mehr Schwierigkeiten zu bereiten.

Kate drängte sich an Holger vorbei, ohne ihn zu berühren und stellte sich wieder neben die Badewanne.

Dieser nickte nur und ging nach draußen.

Mit einem Kopfschütteln setzte sie den Lifter in Betrieb, der Herrn Konrad jetzt sanft aus der Wanne beförderte.

„Das hätten sie nicht tun müssen", sagte sie, aber der alte Herr schüttelte nur betrübt den Kopf.

„Der Kerl ist nicht zu unterschätzen, fast alle haben Angst vor ihm. Es würde mich nicht wundern…"

Er beendete den Satz nicht.

Kate verstand auch so.

Diesem widerlichen Kerl war wirklich eine Menge zuzutrauen. Sie konnte sich vorstellen, dass er auch handgreiflich wurde. Aber galt das auch für einen Mord?

Sie hatte da noch ihre Zweifel.

Immerhin war sie erst den zweiten Tag hier und sollte noch keine voreiligen Schlüsse ziehen.

Nachdem sie Herrn Konrad in sein Zimmer zurückgebracht hatte, wies Schwester Kathrin sie an, Frau Badschneider zu waschen.

„Sie hat schon zwei Mal geklingelt", sagte sie und versuchte dabei, nicht vorwurfsvoll zu klingen.

„Ich weiß, sie sind neu, Katja. Aber bissel schneller muss das schon gehen", schob sie noch nach.

Kate erwiderte nichts, sondern bog in den Flur ein, wo Frau Bretschneiders Zimmer lag.

„So, und jetzt noch die Tabletten und sie sind mich erst mal los, liebe Frau Bretschneider."

Kate traute ihren Ohren nicht.

Das war Holger, aber seine Stimmlage war ganz anders, geradezu sanft.

Ein hohes Lachen war zu hören.

„Sie sind doch der Lichtblick des Tages, mein lieber Holger", sagte jemand mit piepsiger Stimme, die eher zu einem kleinen Mädchen gepasst hätte.

„Und sie sind der Lichtblick meines Tages, meine liebe Frau Bretschneider."

Dieses Gesäusel war ja kaum zu ertragen.

Da die Tür offenstand, klopfte Kate an den Rahmen und trat ein. Holgers Miene verfinsterte sich augenblicklich.

„Das ist unsere neue Hilfskraft. Katja", sagte er mit unheilschwangerer Stimme und Kate fühlte förmlich, wie er gegenüber Frau Bretschneider die Augen verdrehe.

„Aha. Und bleibt die dieses Mal länger?"

Von der hohen Kleinmädchenstimme war nichts mehr zu hören.

„Wir werden sehen, wir werden sehen", antwortete Holger vielsagend, begleitet von einem verächtlichen Schulterzucken.

Kate war es leid, dass die beiden über sie sprachen, als sein sie nicht anwesend.

„Guten Tag, Frau Bretschneider, ich soll ihnen beim Waschen behilflich sein."

Sie ging näher an das Bett heran und schob den Rollator in Richtung der korpulenten Endsiebzigerin, die mit aufrechter Körperhaltung auf der Bettkante saß.

„Wird auch Zeit. Ich musste bereits zwei Mal klingeln", beschwerte sich diese.

„Das tut mir leid, ich hatte einen Bewohner in der Badewanne und…"

„Das interessiert mich nicht", fuhr die Frau sie an, was Holger, der im Türrahmen lehnte, mit einem Lächeln quittierte.

Kate reagierte nicht, sondern stand wartend neben dem Rollator.

„Und?", fuhr Frau Bretschneider sie an. „Soll ich vielleicht allein aufstehen?"

Kate stellte sich neben sie, nahm sie unter der Achsel und zog sie nach oben.

„Aua, sind sie doch nicht so rabiat", fauchte die alte Dame sie an und klammerte sich an ihrem Rollator fest.

Langsam ging es in Richtung Bad. Dort setzte sie sich mit einem theatralischen Seufzen in den Stuhl vor dem Waschbecken.

Kate ließ Wasser ein, legte Handtücher und Waschlappen zurecht und sagte dann: „Waschen sie sich einstweilen, soweit sie kommen. Ich richte inzwischen ihr Bett und wasche ihnen dann Rücken und Beine."

Mit ihren dicklichen Fingern klopfte die Angesprochene auf den Waschbeckenrand.

„Was? Ich höre wohl schlecht? SIE haben mich zu waschen, und zwar komplett."

Kate sah sie an und schüttelte dann den Kopf.

„Wissen sie, Frau Bretschneider, in unserem Pflegeleitbild steht, dass wir aktivierende Pflege leisten und dazu gehört es, die Senioren alles das noch tun zu lassen, was sie selbst noch können."

„Also, das ist doch…"

Mehr hörte Kate nicht mehr, denn sie betrat den Schlafraum und richtete das Bett der alten Dame.

„Hilfe! Holger, Hilfe", kreischte es aus dem Bad und die Notklingel schallte.

In diesem Moment flog die Tür auf und Holger stürmte herein, an Kate vorbei in Richtung Bad.

„Gott sei Dank kommen sie. Die hat mich einfach sitzen lassen und da bin ich abgerutscht und gestürzt."

Kate war inzwischen auch im Bad.

Die füllige Dame saß auf dem Fußboden und hatte die Beine von sich gestreckt.

Mit einem Blick, der einen Stein erweichen konnte, sah sie zu Holger auf.

„Helfen sie mir, bitte", sagte sie mit ihrer Kleinmädchenstimme, die sie gegenüber dem Pfleger anschlug.

Sie konnte nicht gestürzt sein, denn bei dieser Körperfülle wäre es wohl kaum zu überhören gewesen, aber das sagte Kate nicht.

Sie wollte ihr aufhelfen, aber die alte Frau schrie geradezu hysterisch auf.

„Gehen sie weg, sie unfähige Person."

Holger schüttelte den Kopf.

„Hol gefälligst Kathrin", raunzte er sie an und mit einem Kopfschütteln ging Kate hinaus.

Nach dieser Aktion mit Frau Brettschneider begann Holger, sie wieder mit Arbeit einzudecken.

Er machte sich scheinbar ein Vergnügen daraus, sie durch das gesamte Haus zu scheuchen, ständig neue Dinge zu ersinnen, die sofort zu erledigen waren. Kate nahm sich vor, ihm keine Gelegenheit zu geben, sich über sie zu beschweren, aber der Pegel ihres Zorns begann langsam, aber sicher zu steigen.

„Hast du die Toilettengänge gemacht?" brüllte er über den Flur, als Kate gerade von dem anderen Wohnbereich kam, auf den er sie wieder einmal, sinnlos, wie es sich herausstellte, geschickt hatte.

„Wann denn?", fragte sie.

Er lehnte in der Stationstür und grinste sie, von oben bis unten musternd, an.

Aber, das hatte sie bemerkt, er berührte sie nicht mehr. Scheinbar war ihm die gestrige kleine Auseinandersetzung eine Lehre gewesen und er ahnte, dass er bei ihr den Kürzeren ziehen würde.

„Dann mach hin, es ist gleich Mittagszeit, flink, flink. Dein Mundwerk geht doch auch so schnell, da müssen die Füße halt auch mit."

Kate grinste zurück.

„Mach es doch selbst", sagte sie und ließ ihn einfach stehen.

Am nächsten Morgen fiel es Kate auf, das Holger sie ständig angrinste und sie fragte sich, was er dieses Mal im Schilde führte.

Die Antwort erhielt sie Punkt acht Uhr, als Schwester Britta den Wohnbereich betrat und sie zu sich rief. Ihre hellen, immer etwas ängstlich blickenden Augen sahen heute regelrecht betrübt aus.

„Wir sollen gleich zu Frau Heinzmann kommen", sagte sie mit leicht zitternder Stimme.

Kate, die ahnte, warum die Heimleiterin sie zu sich zitierte, tat die Pflegedienstleiterin leid.

Warum konnte sich eine so erfahrene Frau und Krankenschwester von dieser Person nur so einschüchtern lassen?

Gern hätte sie ihr das gesagt, aber dazu war jetzt weder Ort noch Zeit.

Frau Heinzmann empfing die beide mit einem grimmigen Gesichtsausdruck und bot ihnen wortlos mit einer Geste einen Platz an.

Sie selbst blieb stehen. Dann fixierte sie Kate wie eine Schlange ein Kaninchen.

„Sie haben gestern eine Bewohnerin stürzen lassen, nachdem sie sich geweigert haben, sie zu waschen?" Kate richtete sich etwas in dem unbequemen Stuhl auf.

„Frau Bretschneider ist nicht gestürzt. Sie hat sich zu Boden gleiten lassen, nachdem ich sie darauf hingewiesen habe, dass wir laut unserem Leitbild eine ressourcenorientierte Pflege anbieten, die dem alten Menschen seine Fähigkeiten und Fertigkeiten so lange wie möglich erhalten soll. Sie kann sich selbst noch sehr wohl den Oberkörper waschen."

Die Heimleiterin, aber auch die Pflegedienstleiterin, starrten beide Kate an.

Dann räusperte sich Frau Heinzmann.

„Katja, eines muss ich ihnen wohl hier deutlich machen, sie erbringen eine Serviceleistung und es steht ihnen nicht zu, darüber zu urteilen wer was noch selbst kann oder nicht. Das ist Aufgabe der Pflegefachkraft. Und überhaupt, wenn der Bewohner es wünscht, gewaschen zu werden, dann haben sie das zu tun, basta. Die Wünsche des Bewohners stehen für sie immer an erster Stelle, haben sie das verstanden?"

Die Stimme von Frau Heinzmann füllte jetzt mit ihrem Volumen den gesamten Raum und Kate sah, wie Schwester Britta neben ihr zusammenzuckte.

„Des Weiteren haben sie auch das zu tun, was ihnen einen Pflegefachkraft anweist", setzte die Heimleiterin noch nach und blieb jetzt so dicht vor Kates Stuhl stehen, dass diese zu ihr aufsehen musste.

Jetzt nahm sie auch, unter einer Wolke an Zigarettenrauch und starkem Parfümduft den Geruch von Alkohol wahr.

Innerlich musste Kate über diese Spielchen des Versuches, sie durch ihre körperliche Präsenz einzuschüchtern, lächeln.

Aber es machte sie auch wütend, wenn sie sah, was das mit der Pflegedienstleiterin machte.

„Sie haben mir gerade gesagt, Frau Heinzmann, ich habe zu tun, was der Bewohner wünscht. Herr Konrad wäre gestern gern etwas länger in der Wanne geblieben, aber Holger sagte mir, in einer halben Stunde müssten zwei Leute gebadet sein und ich solle nicht so trödeln. Herr Konrad hat einen Pflegegrad 4, während Frau Bretschneider Pflegegrad 2 hat. Steht ihm da nicht mehr Zeit zur Verfügung, zumal er es wünschte? Wenn sie mir sagten, dass ich die Wünsche der Bewohner zu erfüllen habe, hätte das also auch auf Herrn Konrad zugetroffen und nicht nur auf Frau Bretschneider, oder habe ich sie falsch verstanden?"

Kate genoss es, in das völlig ratlose Gesicht der Heimleiterin zu sehen, auch wenn sie augenblicklich bereute, es gesagt zu haben.

Damit war ihr Einsatz im Haus *Abendrot* sicher schneller vorbei, als sie es geplant hatte.

„Danke, Schwester Britta", sagte Kate leise, als sie wieder gemeinsam hinauf in den Wohnbereich 3 gingen.

Die Pflegedienstleiterin blieb plötzlich stehen und musterte Kate. Dann lächelte sie etwas.

„Sie werden sich schon noch eingewöhnen. Pfleger Holger ist manchmal etwas…speziell, aber er ist eine sehr gute und engagierte Fachkraft."

„Und der Neffe dieser Hyäne", dachte Kate zynisch, als sie die nette Beschreibung dieses unmöglichen Kerls aus dem Mund der Pflegedienstleiterin hörte.

Diese hatte, dass rechnetet Kate ihr hoch an, für sie spontan Partei ergriffen, als die Heimleiterin nach einer Schrecksekunde sie wohl am liebsten gefeuert hätte.

Schwester Britta hatte ganz pragmatisch darauf verwiesen, dass Frau Bretschneider keinerlei Verletzungen aufwies und sicher Kates Version des Hinabgleitens vom Stuhl richtig war.

Des Weiteren sei Kate noch neu und noch nicht mit allen Abläufen vertraut, aber sehr lernwillig und interessiert. Bei den meisten Bewohnern, Frau Bretschneider ausgenommen, würde sie sehr gut ankommen.

Und außerdem, so schloss sie, gebe es für die nächste Woche keinen Nachtdienst auf dem Wohnbereich, wenn Kate nicht mehr da sei.

Schließlich hatte sich die Heimleiterin großmütig bereit erklärt, Kate eine zweite Chance zu geben.

Was bei dem Hungerlohn, den sie Kate zahlte, wohl

wirklich kein großes Opfer war, wie diese in augenblicklich dachte.

Britta klopfte ihr etwas auf die Schulter.

Kate kam es vor, als bewundere die Pflegedienstleitung ihren Auftritt von eben, auch wenn sie dies natürlich nicht sagen konnte.

„Gehen Sie wieder an die Arbeit. Schwester Kathrin erwartet sie bestimmt schon."

Damit war sie entlassen.

Als sie den Wohnbereich betrat, waren alle in den Zimmern unterwegs, immerhin war es fast Frühstückszeit.

Kate, die nach Schwester Kathrin suchte, um sich zurückzumelden, bog um die Ecke zu der linken Flurseite, wo auch das Zimmer von Herrn Konrad lag.

Aus dessen Nachbarzimmer hörte Kate Stimmen.

„Ich danke Ihnen, Herr Doktor."

Sie erkannte die Stimme von Schwester Kathrin.

Dann eine angenehm ruhige, tiefe Männerstimme.

„Und wie immer, Schwester Kathrin, wir regeln das unter uns."

Kate bremste ab und blickte sich um, als sie die Tür hörte. Schnell verschwand sie im Bad, dessen Tür glücklicherweise nur angelehnt war.

Ein Mann im mittleren Alter mit leicht angegrauten Schläfen ging über den Flur in Richtung Dienstzimmer.

Dort nahm er seine Jacke vom Haken hinter der Tür und Unterlagen, die er auf dem Schreibtisch ablegt, hatte.

Kate runzelte die Stirn, aber dann fiel es ihr ein.

Schwester Kathrin hatte gestern erwähnt, dass heute der Hausarzt von Frau Ulrich zur Visite käme. Das hier war er zweifellos.

Aber was lief da zwischen Schwester Kathrin und dem Arzt, das unter ihnen bleiben sollte?

Sie ging wieder nach draußen, klopfte an die Bewohnertür, die der Arzt gerade hinter sich geschlossen hatte und trat sofort ein.

Schwester Kathrin, die sich gerade über das Bett von Frau Ulrich, einer sehr alten Dame in schlechtem Allgemeinzustand gebeugt hatte, schrak auf.

„Ach sie sind es, Katja. Sie haben mich etwas erschreckt", sagte sie und lächelte, allerdings etwas verkrampft.

„Was wollte denn Frau Heinzmann von ihnen?", fragte sie nach und blieb neben dem Bett der Bewohnerin stehen.

Während Kate ihr die Kurzversion der Aussprache erzählte, beobachtete sie, wie die Krankenschwester eine Hand hinter dem Rücken hielt, während sie mit der anderen ein paar Dinge auf dem Nachttisch von Frau Ulrich hin- und herschob.

Schließlich lächelte sie, als Kate geendet hatte.

„Da bin ich froh, dass sie bei uns bleiben. Gehen sie wieder zu Herrn Konrad? Er wollte unbedingt auf sie warten, dass sie ihm helfen beim Waschen. Er mag sie, Katja."

Kate warf einen Blick auf das spitze, eingefallene

Gesicht der alten Frau.

„Soll ich ihnen vielleicht erst bei Frau Ulrich helfen?"

„Oh nein, das ist nicht notwendig. Ich werde sie allein waschen, das mache ich immer. Gehen sie nur, sollte ich sie brauchen, rufe ich sie", sagte die Krankenschwester schnell, zu schnell, wie Kate fand.

Aber sie nickte und wandte sich um.

An der Tür sah sie in den Spiegel, der in fast jedem Zimmer rechts an der Wand hing und einen guten Blick auf das gesamte Zimmer ermöglichte.

Jetzt sah sie, was Schwester Kathrin hinter dem Rücken gehalten hatte und jetzt schnell in ihre Kitteltasche schob.

Eine Spritze.

Kapitel 5

„Glaubst Du wirklich, aufgrund dieser Beobachtung könnte ich etwas unternehmen?"

Mike sah Kate an, die in ihrem Büro saß und eigentlich für heute Schluss machen wollte.

Der Frühdienst im Haus *Abendrot* hatte seine Spuren hinterlassen, sie konnte sich nur noch eingeschränkt konzentrieren und war froh, dass Jasmin alles so gut im Griff und die Einsätze der Mitarbeiter bereits zeitnah geplant hatte.

Mit einem tiefen Seufzer schüttelte Kate den Kopf.

„Nein, kannst du nicht. Das weiß ich auch, aber irgendwie ist das doch alles seltsam."

Jetzt trat Mike neben sie und legte ihr die Hand auf die Schulter.

„Wie lang willst du das eigentlich durchziehen?"

Sie sah zu ihm auf und lächelte.

„Ehrlich? Ich war heute fast so weit der Heinzmann alles hinzuwerfen. Aber nach dieser Episode mit Schwester Kathrin? Ich weiß nicht, ich habe langsam das Gefühl, dass an dieser Sache wirklich was dran ist."

Mike zuckte die Schultern und setzte sich neben sie.

„Du glaubst also wirklich daran, dass du etwas herausbekommst?"

„Ja. Und Mike, wie ich schon sagte, es ist nicht mein erster Undercovereinsatz. Hätte ich bei jedem Hindernis aufgegeben, wäre die Sache nie erfolgreich ausgegangen. Aber das hier…irgendwie ist es anders."

Sie stützte die Stirn in ihre Hand und seufzte dann.

„Ich glaube, ich werde langsam alt."

Mike brach in schallendes Gelächter aus.

Als er, immer noch lachend, den Kopf schüttelte, zog Kate ihre Hand von der Stirn und starrte ihn an.

„Naja", sagte sie schließlich und lächelte breit. „Ist doch so."

Mike wurde ernst und sah sie eindringlich an.

„Entschuldige, aber deine Miene war eben wirklich köstlich. Es sah fast so aus, als glaubst du selbst daran. Ich meine, dass du alt wirst. Nein, ist dir nicht in den Sinn gekommen, dass du durch deine schweren Verletzungen, trotz Reha und deiner Pilgertour einfach noch nicht so belastbar bist wie vorher? Du hast dich hier gleich wieder in die Arbeit gestürzt und mitten hinein in einen neuen Fall. Und das noch in einer Branche, in der du dich nun wirklich nicht auskennst."

Kate sah ihn an und nickte schließlich.

„Vielleicht hast du Recht."

Sie erhob sich und legte ihm die Arme um den Hals.

„Ich bin es einfach nicht gewöhnt, dass sich jemand so um mich kümmert."

Er zog sie an sich und wollte sie gerade küssen, als sein Smartphone läutete. Bedauernd zuckte er die Schultern. Sie nickte.

Es war dienstlich, da musste er reagieren. Es hielt das Telefon an sein Ohr und lauschte.

„Gut", sagte er. „Ich komme."

Kate stand wieder an ihrem Schreibtisch.

„Dann sehen wir uns heute Abend nicht?", fragte sie als er aufgelegt hatte.

Er schüttelte langsam den Kopf.

„Ich denke, ich bin in zwei, drei Stunden fertig, also wenn du mich dann noch sehen willst?"

Sie grinste ihn an. „Aber ja doch."

Er gab ihr einen kurzen Kuss und eilte hinaus, während sie noch ein paar Sachen ordnete, um sich dann mit einem leisen Stöhnen zu erheben.

Vielleicht hatte Mike doch Recht. Sie war noch nicht wieder in ihrer alten Form. Würde sie das jemals wieder sein?

Eigentlich hatte sie nie daran gezweifelt, so schwer auch die Rückschläge während der Reha waren, ihren Kampfgeist hatte sie sich immer bewahrt. Aber jetzt?

Dieser Fall nahm sie so persönlich mit.

Sie kannte sich mit Dealern, Zuhältern, Mördern, Bandenkriegen aus und auch wenn diese Verbrechen oft schwer zu ertragen waren, dieses Mal war es anders. Diese alten Menschen und allein der Gedanke, dass hier jemand diese nach und nach umbrachte, das überforderte sie.

Kate stieß ihre Atemluft geräuschvoll aus und griff nach ihrem Telefon.

Erst zögerte sie, dann wählte sie die Nummer.

„Omar?", frage sie törichterweise, denn sie hörte ja seine Stimme.

„Hallo Kate. Wo drückt der Schuh?"

Merkte er es ihr so deutlich an? Sie schluckte etwas.

„Ich würde gern mit dir reden. Natürlich nur, wenn es dir passt."

Sie hörte ein leises Klappern im Hintergrund.

„Ich koche mir gerade etwas. Komm doch vorbei. Jasmin ist mit ein paar Freundinnen zum Junggesellinnenabschied."

Unwillkürlich atmete Kate aus. Das war wie ein Wink des Schicksals.

„Gut. Gib mir…"

Sie brach ab, weil sie sich zum Fenster gedreht und so einen guten Blick auf die Bahnhofstraße hatte. Dort stand, direkt im Eingangsbereich zu ihrer imaginären Wohnung Holger Steiner und sah auf ihr Klingelschild und dann auf ihre Fenster.

„Kate?"

Jetzt erst merkte sie, dass sie das Telefon noch immer ans Ohr gepresst hielt.

„Ja, ich beobachte gerade etwas. Gib mir eine Stunde, dann bin ich da."

Sie steckte ihr Telefon in die Tasche und ging hinaus. Da sie die Letzte im Büro war, schloss sie ab, stieg die Treppe hinunter und betrat durch den Hintereingang die Kaffeerösterei.

Daniel sah auf und lächelte sie an.

„Noch einen Cappuccino?"

Sie schüttelte den Kopf.

„Nein, ich geh noch zu Omar. Gib mir doch bitte ein Päckchen seines Lieblingskaffees."

Mit einer Tüte bewaffnete, trat sie aus dem Laden

und lief direkt auf Holger zu.

Scheinbar erstaunt musterte sie ihn.

„Willst du mich besuchen?", fragte sie mit einem schiefen Lächeln, das nicht erwidert wurde.

„Wohl kaum", sagte er und warf einen Blick auf die Papiertüte mit dem Logo der Kaffeerösterei in ihrer Hand.

„Das ist doch wohl eher nicht deine Preislage", sagte er und deutete darauf.

„Warum nicht? Ich trinke keinen Alkohol, rauche nicht, da lege ich eben Wert auf einen guten Kaffee."

Er zuckte desinteressiert die Schultern.

„Jedem das seine", murmelte er und wandte sich zum Gehen.

„Schönen Abend noch", konnte Kate sich nicht verkneifen ihm nachzurufen, was er unbeantwortet ließ.

Er ging über die Straße zum Kino und stellte sich auf die Treppen. Er lehnte sich an das niedrige Geländer und hatte von dort einen direkten Blick auf Kates Fenster, was er auch nicht verheimlichte. Unbeirrt starrte er auf ihre Fenster in der zweiten Etage.

Der verdammte Kerl stalkte sie, kein Zweifel.

„Na warte", murmelte sie und betrat das Haus.

Sie ging in die angemietete Wohnung und riss das Fenster auf.

Holger stand noch immer gegenüber und sah zu ihr herüber.

Aber was konnte sie dagegen unternehmen?

Es war ein öffentlicher Raum und er konnte immer noch sagen, er warte auf die Straßenbahn oder die nächste Kinovorstellung.

Doch, sie konnte etwas tun. Sie nahm ihr Telefon und rief Steven an.

Nach einer Weile schloss sie das Fenster und verließ die Wohnung. Allerdings ging sie nicht nach vorn, zur Haustür, sondern zur Hintertür.

Der Ausgang dort mündete in die Annenstraße.

Sie sah sich kurz um und entdeckte einen dort geparkten, schwarze Audi TT, der ihr kurz Lichthupe gab und sie stieg auf den Beifahrersitz.

Steven Neubauer, ihr IT- Spezialist und freiberufliche Computerhacker, lächelte sie an.

„Na, Chefin. Da wollen wir den Jungen mal austricksen.", sagte er und tippte ein bisschen auf seinem Laptop umher, der ihn immer und überall begleitete.

„So", sagte er. „Jetzt ist er erst mal beschäftigt. Fernsehen geht an, die Lampen abwechselnd in Küche und Bad und so bisschen Schnick-Schnack. Und ich fahr dich jetzt zu Omar."

Omar öffnete ihr die Tür und ein unnachahmlicher Geruch von orientalischen Gewürzen schlug ihr entgegen.

Prompt knurrte ihr Magen.

Omar, der es hörte, lachte auf. „Na, das wird Zeit. Komm."

Er umarmte sie kurz, nahm mit einem wohlwollenden Nicken den Kaffee entgegen und deutet auf eine Tür.

In der gemütlichen Wohnküche war bereits eingedeckt. Hier, wo eine Vielzahl von Regalen mit Gewürzen sowie Gerätschaften aller Art davon zeugten, dass in diesem Raum wirklich gekocht, gegessen und gelebt wurde, stand ein wunderbares Essen dampfend auf dem Tisch.

Kate, die wusste, dass Omar es als Sakrileg ansah, wenn man während des Essens dienstliche Obliegenheiten besprach, plauderte mit ihm über dies und jenes, bis sie sich mit einem Schnaufen nach hinten fallen ließ.

„Das Hühnerkuskus war einfach ein Gedicht", stöhnte sie, strich sich demonstrativ über ihren flachen Bauch und stand auf.

Omar deutete in das kleine Wohnzimmer, dass eine arabisch anmutende Gemütlichkeit ausstrahlte und stellte eine Kanne Tee und Baklava bereit.

Dann setzte er sich in einen der großen, bequemen Sessel.

Kate nahm ihm gegenüber Platz.

„Ich weiß nicht so richtig, wie ich beginnen soll. Du

bist kein Psychiater, aber du bist Arzt und ein guter Freund."

Sie brach kurz ab, nahm einen Schluck Tee und lehnte sich dann etwas zurück.

„Ich bin in letzter Zeit so…dünnhäutig. Dinge, die ich früher einfach kompensiert habe, gehen mir jetzt unter die Haut. Mike meint, ich bin zu früh wieder eingestiegen, aber wie lange sollte ich denn noch warten? Ich habe gedacht, dass ich während meiner Pilgerreise alles für mich geklärt habe. Nämlich, dass ich hier in Plauen bleibe, das Mike und ich eine Chance verdient haben und das ich endlich herausfinden will, wer meine wirklichen Großeltern sind. Und jetzt? Jetzt bin ich einfach nur durcheinander und weine mich hier bei dir aus."

Omar schenkte ihr und sich Tee nach und sah Kate dann an.

„Bereust du irgendeine deiner Entscheidungen oder stellst du sie in Frage?", fragte er.

Sie zuckte die Schultern.

„Das weiß ich eben nicht."

Er nickte langsam und beugte sich etwas nach vorn.

„Kate, Mike hat nicht Recht damit, dass du zu schnell wieder arbeitest. Das hier, das ist dein Lebenselixier. Das brauchst du. Was dich jetzt dünnhäutig macht, wie du es nennst, ist einmal dieses Trauma, dass du erlitten hast und diese neue Konstellation in deinem Leben. Du hast dich auf eine Beziehung eingelassen und das macht dir Angst."

Kate drehte die Teetasse in ihren Händen hin und her

und setzte sie schließlich ab.

„Willst du damit sagen, es war falsch. Ich meine, meine Beziehung mit Mike?"

Omar lachte auf.

„Nein, es war das Beste, was dir und auch Mike passieren konnte. Aber ihr zwei seid eingefleischte Singles, genau wie Jasmin und ich. Das ist nicht einfach, es wird wohl auch nie einfach sein. Ab und zu ein paar Zweifel sind in Ordnung, aber lass es nicht soweit kommen, dass sie eure Partnerschaft zerstört. Ihr passt wunderbar zusammen und es hat lange genug gedauert, bis ihr es euch eingestanden habt."

Sie nickte, scheinbar etwas erleichtert von Omars Worten.

Dieser rückte jetzt im Sessel noch etwas nach vorn.

„Es ist nicht nur dieser Fall, der dich bedrückt, es ist die Sache mit deinen Großeltern, nicht wahr?"

Kate griff nach ihrer Tasche und zog den großen, braunen Umschlag heraus.

„Ich wusste nicht, dass ich heute zu dir komme, aber ich schleppe ihn seit Tagen mit mir herum und komme zu keiner Entscheidung."

Sie nahm den Stapel mit Schreibmaschine beschriebenen Seiten heraus und legte ihn auf den Tisch.

„*Gedächtnisprotokoll von Esther Weizman geborene Stein- Auschwitz 1943*" stand auf der ersten Seite.

Omar starrte es an.

„Hast du es gelesen? Ich meine, alles gelesen?"

Kate schüttelte den Kopf.

Nein, sie hatte damit begonnen, in der Hoffnung

endlich zu erfahren, wer ihre leiblichen Großeltern waren.

Es war Omar, der bei der Autopsie von Doktor Clara Voigt, der Frau, die Kate 45 Jahre ihres Lebens für ihre Großmutter gehalten hatte, herausfand, dass diese nie ein Kind geboren hatte und Kates Mutter während des Krieges adoptiert worden war.

Durch Omars Beziehungen zu einem Historiker waren sie einer Spur gefolgt, die hier, in diesem Stapel, der das Grauen von Auschwitz beschrieb, scheinbar ihr Ende fand.

„Ich konnte es nicht, ich konnte es einfach nicht zu Ende lesen und ich kann es auch jetzt nicht."

Sie schob den Stapel von sich, in Omars Richtung. Der nahm die Seiten, strich sie glatt und steckte sie zurück in den Umschlag.

„Soll ich sie an Professor Enders zurückgeben?", fragte er leise.

Kate sah ihn an. „Hast du es gelesen?"

Als sie sah, wie seine dunklen Augen schimmerten, nickte sie.

„Sollte ich es zu Ende lesen?", fragte sie leise.

Er schüttelte den Kopf.

„Wenn du willst, bitte ich ihn, dass er versucht, eine Verbindung herzustellen. Zwischen dir und den Nachkommen von Esther Weizman. Denn die Wahrscheinlichkeit, dass sie selbst noch lebt, ist nicht sehr groß. Aber so würde sich herausfinden lassen, ob sie vielleicht deine Großmutter war."

Eine Weile war absolute Stille im Raum und nur die

kleine Flamme unter dem Teestövchen zischte verhalten.

Schließlich nickte Kate.

„Ja, bitte tu das. Ich kann jetzt hier nicht aufgegeben, das würde ich mir nie verzeihen. Weißt du, was Clara Voigt, die Frau, die ich für meine Großmutter hielt in ihrem Abschiedsbrief geschrieben hat? *Suche deine Wurzeln, wenn du es willst, oder auch nicht, es ist deine Entscheidung.* Ich habe mich damals entschlossen, die zu suchen. Also tu ich es."

Omar nahm den Umschlag und legte ihn auf einen kleinen Tisch.

„Gut", sagte er. „Und jetzt zu dem, was dich auch noch belastet. Dieser obskure Fall, der vielleicht gar keiner ist."

Kate, die jetzt schon irgendwie erleichtert war, berichtete zügig und in knappen Worten, was es Neues gab.

Omar wiegte den Kopf hin und her, eine Angewohnheit, die er hatte, wenn er unschlüssig war.

„Eine Krankenschwester mit einer Spritze, die sie in der Kitteltasche verschwinden lässt und ein Arzt, der das, was auch immer deckt? Ein Pfleger, der Personal und Patienten tyrannisiert. Hast du dafür Beweise?"

Kate sprang auf und tigerte im Raum auf und ab.

„Du hörst dich an wie Mike."

Sie blieb vor Omar stehen und sah ihn vorwurfsvoll an. Dieser hob beide Hände.

„Entschuldige, aber steigerst du dich da nicht in etwas hinein? Gut, dieser Holger scheint dich zu stalken, vielleicht sogar im Auftrag seiner Tante, um dich aus dem Heim zu ekeln, aber Mord? Das ist wohl noch einmal eine andere Kategorie."

Kate schüttelte den Kopf und ließ sich wieder in den Sessel fallen.

„Gut, du glaubst mir auch nicht", stellte sie resigniert fest.

Omar ergriff ihre Hände und hielt sie fest, auch als Kate einen halbherzigen Versuch startete, sie ihm zu entziehen.

„Kate, was ich glaube oder nicht glaube, tut hier nichts zur Sache. Was ich sehe, ist eine sehr dünne Beweislage. Und ich habe Angst, dass du dir in diesem Heim die Gesundheit ruinierst."

Sie schüttelte den Kopf.

„Gesundheit ruinieren, jetzt mach dich mal nicht lächerlich", sagte sie, schärfer als beabsichtigt.

Omar ließ ihre Hände los und lehnte sich zurück.

Ein spöttisches Lächeln erschien auf seinen Zügen.

„Oh, die taffe FBI Agentin kommt durch."

Dann sah er sie ernst an.

„Jetzt hör mir mal zu. Du hast vorhin gesagt, ich sei zwar kein Psychiater, aber ein Arzt und dein Freund. Und in dieser Funktion sage ich dir, du hast deine alte Kondition, zumindest mental, noch lange nicht wieder erreicht."

Eine Weile war Stille im Raum, dann lehnte sich Kate zurück.

„Danke, das war deutlich."

Omar nahm die Teekanne und schenkte ihr nach.

Als er sah, dass sie keine Anstalten machte, die Tasse zu ergreifen, schüttelte er den Kopf.

„Kate", sagte er jetzt in deutlich sanfterem Tonfall. „Das war jetzt einfach mal nötig, um es dir schonungslos zu sagen. Also, wie lange willst du weiter machen?"

Als sie nicht antwortete, schob er ihr die Teetasse entgegen, die sie schließlich zögerlich ergriff.

„Ich habe nächste Woche Nachtdienst, zusammen mit diesem Holger. Wenn in dieser einen Woche nichts geschieht, breche ich ab, versprochen."

Kapitel 6

„Ich werde froh sein, wenn ich diese Wochen hinter mich gebracht habe", sagte sich Kate und hievte den alten Herrn Müller aus dem Bett, den sie so eben gewaschen hatte.

Dabei rutschte ihre Hand weg und der alte Herr sackte wie ein Stein zu Boden. Kate schloss erschöpft die Augen. Auch das noch.

„Herr Müller, haben sie sich verletzt?", fragte sie vorsichtig, aber der alte Mann grinste sie aus seinem zahnlosen Mund freundlich an.

„Nix passiert, Mädel, ich fall weich", sagte er und gluckste belustigt. Naja, wenigstens nahm er es mit Humor.

„Ich komme gleich wieder", sagte sie und ging auf den Flur.

Hoffentlich begegnete sie jetzt nicht Pfleger Holger, der sie schon wieder den ganzen Morgen nervte.

Aber das Glück in Form von Schwester Kathrin lief ihr direkt in die Arme.

„Ob sie mir bitte helfen könnten? Herr Müller ist mir aus den Händen gerutscht."

Alarmiert sah die Krankenschwester auf. Kate winkte beruhigend ab.

„Nein, ihm ist nichts passiert. Er kann sogar darüber lachen."

Als sie das Zimmer betraten, strahlte ihnen Herr Müller entgegen.

„Und jetzt gleich zwei hübsche Mädchen, gehts mir

95

heute aber gut."

Schwester Kathrin trat an die linke Seite und gab Kate ein Zeichen.

„Rechts und dann auf drei", gab sie das Kommando und im zweiten Versuch setzten sie den Mann in den Rollstuhl.

Zweifelnd musterte Kathrin Kate.

„Das haben sie aber noch nicht oft gemacht, oder?", fragte sie.

Es hatte wohl keinen Zweck zu leugnen, also schüttelte Kate den Kopf.

„Naja, das wird schon noch."

Mit diesen Worten und einem Kopfnicken zu Herrn Müller ging die Krankenschwester hinaus und Kate fuhr den alten Herrn in den Aufenthaltsraum.

Dann sah sie auf die Uhr.

Heute mussten alle Bewohner gewogen werden.

Bei den meisten Senioren hatte sie das gleich früh, vor dem Frühstück, erledigt.

Lediglich Frau Ulrich, die schwerkranke alte Dame im Zimmer sieben, stand noch auf ihrem Plan.

Allein würde sie sie nicht auf die Liegewaage bekommen.

Sie rief nach Martina, der anderen Helferin, die gerade aus einem Zimmer gerannt kam.

„Könntest du mir bitte helfen?"

Martina, eine große, kräftige Blondine im mittleren Alter sah sie stirnrunzelnd an.

„Ich habe gerade Kaffee aufgesetzt für uns, aber komm, sonst wirst du nicht fertig und Holger meckert wieder mit dir."

Sie zwinkerte Kate zu.

Frau Ulrich stöhnte leise auf, als die beiden sie, trotzdem sie sehr leicht zu sein schien, doch mit einigem Kraftaufwand, auf die Trage hoben, die eine integrierte Waage besaß.

„Gleich geschafft, Frau Ulrich", raunte Kate ihr zu, als diese das Gesicht schmerzvoll verzog.

„38 kg", murmelte Martina und wog sorgenvoll den Kopf hin und her.

So vorsichtig wie irgend möglich, legten sie die alte Frau zurück ins Bett und bequem in ihre Kissen.

Kate betrachtete das schmale, sehr blasse Gesicht und drückte ihr sanft die Hand.

Erstaunt stellte sie fest, dass der Druck ebenso sanft erwidert wurde.

Als sie die Trage zurück in die Abstellkammer rollten, sagte Martina: „38 kg und so schwer, naja, meine Oma sagte früher schon, das ist die Erdenschwere."

Als Kate sie verdutzt anschaute, lächelte die Helferin traurig.

„Du kennst das wohl nicht? Naja, du bist ja auch nicht von hier. Es bedeutet, sie stirbt bald und ich denke, das ist auch gut so. Mal ehrlich, ist das noch ein Leben?"

Ohne eine Antwort abzuwarten, ging sie hinaus.

Kate holte tief Luft und ging ins Dienstzimmer.

Sie setzte sich an den Computer, rief Frau Ulrichs Akte auf und trug das aktuelle Körpergewicht ein.

Sofort leuchtete eine rote Ampel auf.

Kritischer BMI wurde angezeigt.

„Was, die hat 8 Kilo abgenommen?"

Kate schrak zusammen, als plötzlich Holger hinter ihr stand. Er beugte sich ganz nah zu ihr herunter.

„Trag 45,5 kg ein", sagte er.

Kate rückte mit dem Stuhl etwas weg von ihm.

„Das werde ich mit Sicherheit nicht. Ich habe sie gewogen, das ist ihr aktuelles Gewicht und so trage ich es ein", widersprach Kate energisch.

Der Pfleger knallte die Hand auf ihre Stuhllehne.

„Bist du schwerhörig? Trag es ein wie ich es dir sage, capito?"

„Lass Katja in Ruhe."

Kate und Holger fuhren herum. In der Tür des Dienstzimmers stand Schwester Kathrin.

„Die kann wahrscheinlich nicht mal die Waage richtig ablesen", wandte Holger ein.

Die Wohnbereichsleiterin kam herein und schloss die Tür.

„Katja hat richtig abgelesen, die Waage speichert notfalls auch die Gewichte, also?"

Holger drehte die Augen nach oben.

„Okay", sagte er gedehnt.

Dann sah er Kathrin an.

„Du weißt, was es wieder für einen Stress gibt, wenn die abgenommen hat?"

Kathrin ging einen Schritt näher an ihn heran, sodass er verdutzt zurückwich.

„DIE ist Frau Ulrich, Holger und sie ist eine schwerkranke, alte Frau, die nicht mehr lange zu leben hat.

Und jetzt kümmere dich bitte um deine Arbeit, statt permanent Katjas Arbeitsweise zu kontrollieren und kritisieren. Ich bin für ihre Einarbeitung zuständig, hast du das vergessen? Also, wenn es etwas an ihrer Arbeit zu kritisieren gibt, wende dich bitte an mich. "

Kate war verdutzt, so konsequent und bestimmt hatte sie die Wohnbereichsleiterin noch nie erlebt.

Mit einem verächtlich klingenden Schnauben stampfte Holger nach draußen und warf die Dienstzimmertür hinter sich ins Schloss.

Kathrin drehte sich zu Kate um und schien erst einmal durchzuatmen.

Dann sagte sie leise: „Tragen sie das Gewicht so ein, ich werde noch dazu schreiben, dass Doktor Brauner informiert ist."

Sie lächelte Kate beruhigend zu.

„Wir sollten Frau Ulrich nicht mit irgendwelchen Therapien quälen oder unnötige hochkalorische Nahrung anbieten. Sicher wird sie bald erlöst werden."

Sie nickte Kate noch einmal zu und verließ das Dienstzimmer.

Kate starrte auf den Bildschirm vor sich und spürte ein Frösteln zwischen ihren Schulterblättern.

Sicher wird sie bald erlöst werden, dröhnte es geradezu in ihren Ohren.

„Kommt ihr frühstücken?", rief Marina, über den Flur und prompt kam Holger aus einem Zimmer.

Kate ging sich die Hände waschen und ihre Brotdose aus der Umkleide holen.

Als sie den Personalaufenthaltsraum betrat, hatte Holger bereits für alle Kaffee eingeschenkt und stellte ihr wortlos ihre Tasse hin.

Scheinbar war das seine Art, sich bei ihr wegen eben zu entschuldigen, oder interpretierte sie da zu viel hinein?

Egal. Der Dienst hier machte hungrig und durstig, letzteres vor allem.

Also nahm sie einen kräftigen Schluck des starken Kaffees und packte ihr Brot aus, das Mike ihr, so erinnerte sie sich lächelnd, gestern Abend ganz liebevoll geschmiert hatte, und biss hinein.

Er hatte ihren Lieblingskäse, den mit Bockshornklee, daraufgelegt.

Sie nahm sofort noch einen hastigen Bissen von dem Brot und kaute mit vollem Mund, denn die Pause konnte auch sehr schnell zu Ende sein, das hatte sie bereits mitbekommen und da war es besser etwas im Magen zu haben.

Sie trank ihren Kaffee aus und prompt ging in diesem Moment die Klingel.

Da Kate die Neue im Team war, schien es ein unausgesprochenes Gesetz zu sein, dass sie für die Klingeln, und zwar alle auf dem Wohnbereich während der Pausen, zuständig war.

Hastig erhob sie sich und wirklich, es kam eines zum

anderen und ihre Pause war vorbei.

Es verging keine Stunde, als sie dringend zu Toilette musste.

Normalerweise verfügte sie, wie sie es scherzhaft nannte, über eine gut funktionierende FBI Blase, was hieß, ganz gleich welche Mengen an Kaffee sie auch trank, sie musste sehr selten zu Toilette, was bei Observationen nützlich war.

Das war heute scheinbar anders.

Keine zehn Minuten später musste sie wieder zur Toilette. Soviel wie sie ausschied konnte sie gar nicht getrunken haben, es wollte ja fast kein Ende nehmen. Hinzukam ein plötzlicher Schwindel und heftige Übelkeit.

Eine Blasenentzündung konnte sie nicht haben, denn sie hatte keine Schmerzen.

Sie wusch sich das Gesicht mit kaltem Wasser, aber ihr Zustand wurde einfach nicht besser.

Was, verdammt noch mal, war plötzlich mit ihr los?

Mit Mühe und Not erreichte sie das Dienstzimmer und sank dort auf einen Stuhl, um nicht hinzufallen, denn ihr wurde immer schwindliger und ein Brechreiz stieg in ihr hoch.

„Na, schon wieder Pause?", stichelte Holger, der gerade, eingehüllt in eine Rauchwolke, das Dienstzimmer betrat und sich zu ihr hinunterbeugte.

Das brachte das Fass zum Überlaufen.

Kate schaffte es gerade noch zum Waschbecken, wo sie sich geräuschvoll und massiv übergab.

„Eh, das glaub ich jetzt nicht", mokierte sich Holger,

als er von Schwester Kathrin unterbrochen wurde.

„Jetzt reicht es aber, Holger", sagte diese wieder ungewöhnlich barsch und maß ihn mit einem strengen Blick.

Mit einem genervten Kopfschütteln verließ der Pfleger darauf den Raum, scheinbar war seine Wohnbereichsleiterin heute auf Krawall gebürstet.

Die Krankenschwester half Kate zurück auf den Stuhl, nahm ein Tuch und wischte ihr sanft den Mund ab.

Dann nahm sie das Blutdruckgerät und wickelte die Manschette um Kates Oberarm.

„Hm, 90 zu 60. Nicht gerade viel", sagte sie, während sie das Gerät desinfizierte.

„Haben sie gestern vielleicht irgendetwas Schlechtes gegessen?"

Kate schüttelte den Kopf.

Alles drehte sich um sie herum und sie hatte eigentlich nur noch den einen Wunsch, nämlich den, sich irgendwo hinzulegen, am besten in ihr eigenes Bett.

„Es wird das Beste sein, sie gehen nach Hause. Die Ruhe wird ihnen guttun. Kann sie denn jemand abholen und sich um sie kümmern?"

Die Krankenschwester wirkte jetzt doch etwas besorgt.

„Rufen sie mir doch bitte ein Taxi. Wenn ich zu Hause bin, rufe ich eine Freundin an."

Schwester Kathrin nickte.

„Gut, bleiben sie hier sitzen."

Das tat Kate natürlich nicht.

Sie rannte im Zick-zack-Kurs zur Toilette, da sie sich kaum auf den Beinen halten konnte.

Die Wohnbereichsleiterin musste ihr schließlich sogar beim Umziehen helfen, bevor sie mit ihr im Fahrstuhl nach unten fuhr und sie zu dem wartenden Taxi begleiten.

Kaum hatte sie Kate hineinbugsiert und die Tür geschlossen, sah sich der Fahrer mit zusammengezogenen Brauen zu ihr um.

„Aber sie kotzen mir jetzt nicht ins Taxi, oder?", fragte er nicht gerade freundlich.

„Ich gebe mir Mühe", sagte Kate mit zusammengebissenen Zähnen.

„Und wohin solls gehen, junge Frau?"

„Ins Klinikum", sagte Kate und schloss die Augen. Himmel, war ihr schlecht.

Sie musste während der Fahrt kurz eingeschlafen sein, denn die Stimme des Taxifahrers riss sie aus einem unruhigen szenenhaften Traumgeschehen.

„In die Notaufnahme?"

Jetzt erst verstand sie den Sinn der Frage.

„Nein, in die Pathologie."

Der Fahrer lachte auf. „Ja, klar jetzt."

Logischerweise hielt er es für einen Scherz.

Kate setzte sich etwas aufrechter hin und versuchte, den Nebel in ihrem Kopf zu vertreiben, was ihr nicht gelang.

„Es ist mein Ernst. In die Pathologie bitte", sagte sie so fest als möglich und sah den Fahrer, der sich zu ihr umdrehte, so streng an, wie es ihr unter den ge-

gebenen Möglichkeiten gelang.

Dieser hob eine Hand.

„Gut. Ich denke zwar, das ist etwas übertrieben, aber gut. Der Kunde ist König."

„Idiot", dachte Kate.

Dann hielt das Taxi, Kate reichte dem Fahrer stumm einen Schein, deutete ihm, das Restgeld zu behalten und stieg aus.

Sie läutete eben an der Tür zum Pathologischen Institut, als eine Mitarbeiterin öffnete.

Inzwischen war sie hier relativ bekannt, sodass die Mitarbeiterin sie mit einem Lächeln begrüßte, aber dann sofort ernst wurde.

„Frau Schulz, ist ihnen nicht gut?", fragte sie bestürzt.

Kate winkte ab.

„Ich möchte zu Professor Amri", sagte sie und hielt sich plötzlich am Türgriff fest.

Die Mitarbeiterin fasste sie unter dem Arm.

„Kommen sie, ich bringe sie zu ihm."

Im Schneckentempo ging es über den Flur, Kate musste mehrfach stehen bleiben und drohte schließlich, der jungen Frau aus den Händen zu gleiten.

Omar kam gerade aus seinem Zimmer und sprang dazu.

„Was ist denn los?", fragte er und schob Kate in einen Raum, in dem eine schmale Liege stand.

Dort hob er sie hoch und legte er sie flach hin.

Er tastete sie ab, schaute in ihren Mund.

„Du bist ja völlig dehydriert", sagte er verblüfft und

sah ihr in die Augen.

Sie schüttelte den Kopf. „Das kann nicht sein."

Mit wenigen Worten erzählte sie ihm, was mit ihr los war und Omar runzelte die Stirn.

Dann riss er die Tür auf.

„Cordula, rennen sie mal rüber auf die I 17. Ich brauche ein paar Blutröhrchen und Elektrolytlösung, 1000 Milliliter, schnell."

Inzwischen maß er Kates Blutdruck.

„80 zu 60, das ist schon kritisch."

Kate schüttelte den Kopf hin und her.

„Vorhin war er noch 90, was ist bloß los?"

Omar nahm ihre Hand.

„Ich habe einen Verdacht. Wenn es das ist, was ich vermute, habe ich dich schnell wieder auf den Beinen. Wenn nicht, schaffe ich dich persönlich in die Notaufnahme. Dann müssen die Kollegen übernehmen."

Er nahm der Mitarbeiterin, die schwer atmend in der Tür erschien, die angeforderten Utensilien an.

„Danke", sagte er und trat zu Kate.

„So, jetzt lege ich dir eine Flexüle, nehme dir Blut ab und gebe dir genügend Flüssigkeit. Es dauert nicht lange, dann wissen wir mehr."

Er sah sich zu seiner Mitarbeiterin um.

„Würden sie das bitte gleich noch ins Labor schaffen. Es ist ein Notfall", setzte er nach und diese nickte.

Wieder war Kate eingeschlafen und öffnete die Augen. Ihr Blick fiel auf die Infusionsflasche, die fast leer an dem Ständer hing.

105

Zumindest war der Nebel rund um sie verschwunden, aber ihre Blase drückte enorm.

Sie sah an dem halb zugezogenen Vorhang vorbei.

An einem Tisch stand, mit dem Rücken zu ihr, Omars Assistentin Kerstin Nagler. Die schickte ihr jetzt der Himmel.

„Frau Nagler?", sagte sie leise.

Ein Klirren, das von einem Röhrchen kam, das zu Boden fiel und die Assistentin fuhr herum, die Hand auf ihre Brust gedrückt.

„Oh Gott, Frau Schulz, haben sie mich erschreckt."

Schwer atmend lehnte sie sich gegen den Tisch und lächelte etwas verkrampft.

„Entschuldigen sie, aber es ist bei uns nicht üblich, dass unserer Klienten mit uns sprechen."

Jetzt musste auch Kate lachen.

„Das tut mir leid, aber ich muss so dringend zur Toilette."

Die Assistentin nickte und half ihr beim Aufstehen. Dann löste sie die Infusion.

Zufrieden stellte Kate fest, dass sie, wenn auch noch reichlich unsicher, doch wieder fest auf den Beinen stand und selbständig die Toilette aufsuchen konnte.

Als sie zurückkam, stieß sie fast mit Omar zusammen, der einen Zettel in der Hand schwenkte.

„Die Laborbefunde sind da. Ich hatte Recht mit meiner Verdachtsdiagnose."

„Was soll das heißen? Eine Diuretikaindoxikation?",
fragte Kate, als sie jetzt in Omar Büro saß und vorsichtig an einer Tasse Kaffee nippte.

„Das jemand dir eine Menge an Furorese eingeflößt
hat. Das ist ein Medikament, dass zur Entwässerung
eingesetzt wird. Darum warst du total ausgetrocknet
und dein Blutdruck im Keller. Dein Glück war wahrscheinlich, dass du so heftig erbrochen hast. Damit
wurde mit Sicherheit schon ein Teil aus deinem Körper entfernt."

„Wie denn eingeflößt?", fragte sie.

Omar zuckte die Schultern.

„Wahrscheinlich in einem Getränk, denn eine Injektion hättest du gespürt und da hätte dir auch das Erbrechen nichts genutzt."

Kate starrte erst ihn an, dann die Tasse mit dem Kaffee.

„Der Kaffee", sagte sie. „Es war das Einzige, was ich
heute im Haus *Abendrot* getrunken habe."

Dann fuhr sie auf.

„Dieses elende Schwein", stieß sie zwischen den
Zähnen hervor und schlug mit der Faust so heftig auf
den Tisch, dass die Kaffeetasse umzufallen drohte.

„Dieser Pfleger Holger?", fragte Omar und ergriff
geistesgegenwärtig die Tasse und stellte sie zur Seite.

Kate nickte nur.

Er schob nun auch seine Kaffeetasse von sich und sah
noch einmal auf den Laborbefund, der vor ihm lag.

„Das war eine ganz schöne Dosis, wenn man bedenkt, wie viel du davon wahrscheinlich erbrochen hast. Das hätte ins Auge gehen können. Ob er wirklich so ein Risiko eingegangen ist, nur um dich zu ärgern?"

Kate schüttelte den Kopf.

„Ich traue es ihm zu 100% zu. Aber wie würde Mike jetzt sagen, ich kann es leider nicht beweisen. Es hätte jeder auf dem Wohnbereich die Gelegenheit gehabt, mir irgendetwas in den Kaffee zu schütten. Obwohl, es war eindeutig Holger, der den Kaffee eingegossen und mir die Tasse hingeschoben hat. Und er war dabei unbeobachtet."

„Deswegen wäre es gut, wenn du mit deinen Ermittlungen im Haus *Abendrot* endlich Schluss machen würdest."

Kate fuhr auf und sah Mike in der Türfüllung stehen. Ihr Blick schwenkte zu Omar, der die Schultern hochzog.

„Ich habe ihn angerufen. Kate, das war kein Kavaliersdelikt, das hätte wirklich für dich noch anders ausgehen können. Außerdem ist es besser, wenn dich jetzt jemand im Auge behält, es sei denn, du willst unbedingt im Krankenhaus bleiben?"

Kate holte tief Luft, für Mike das Anzeichen, dass sie zu einem wahren Argumentationsfeuer ausholen wollte. Deswegen trat er zu ihr und legte ihr den Arm um die Schulter.

„Wir machen uns Sorgen um dich und ich denke, das ist berechtigt", sagte er ruhig und sah ihr intensiv in die Augen.

Langsam senkte sie den Blick.

„Ja, ihr habt Recht und ich denke, ich habe auch Recht. Eine klare Pattsituation."

„Na prima", murmelte Omar, verstummte aber unter Mikes Blick.

Kate stand auf, froh, nicht dabei zu schwanken.

„Passt auf. Ich habe es schon zu Omar gesagt und ich sage es jetzt auch zu dir."

Dabei sah sie Mike fest an.

„Gebt mir noch die nächste Woche. Ich verspreche, wenn irgendetwas aufdecke, das meine Theorie bestätigt, mache ich sofort Schluss und übergebe alles an dich. Am Ende der Nachtdienstwoche mache ich dann sowieso Schluss, so oder so.."

Sie sah von Mike zu Omar und wieder zurück, bis Mike schließlich den Kopf schüttelte.

„Es ist sinnlos sich aufzuregen, Kate, dass habe ich inzwischen bei dir gelernt. Also gut."

Sie lächelte ihn an.

„So und nun begebe ich mich in deine kompetenten Hände. Ich habe nämlich keine Lust, länger hier zu bleiben als irgend notwendig. Mein Bedarf an Krankenhäusern ist, glaube ich, für den Rest meines Lebens gedeckt."

Kapitel 7

Es hatte Omar einen kurzen Anruf gekostet und ein Krankenschein für Kate lag vor, den sie in das Haus *Abendrot* schicken konnte.

Gleichzeitig rief sie die Pflegedienstleiterin an, um ihr mitzuteilen, dass sie auf alle Fälle den Nachtdienst in der nächsten Woche übernehmen würde.

„Dann kurieren sie sich aus, Katja. Gute Besserung", sagte Schwester Britta und ihre Erleichterung darüber, dass sie keinen neuen Nachtdienst organisieren musste, war ihr förmlich anzuhören.

Wohl wissend, dass Mike ihr Vorgehen nicht tolerierte aber notgedrungen akzeptierte, machte sich Kate am Montagabend auf zum Nachtdienst.

Falls Pfleger Holger sich wieder als Stalker bei ihr betätigt hatte, musste er feststellen, dass Katja Schulze während ihrer Krankschreibung sowie dem gesamten Wochenende zu Hause war, zwischen der Tagesschau und dem ersten Spielfilm fast kontinuierlich vor dem Fernseher saß, in Werbepausen die Toilette frequentierte oder sich in der Küche einen Imbiss zubereitete.

Pünktlich kurz vor Mitternacht ging sie in ihr Bett, wobei die Nachttischlampe noch eine Weile brannte, da sie noch etwas las.

Kate Schulz allerdings hatte die Tage, nachdem es ihr wieder besser ging, einschließlich Samstagvormittag, in ihrem Büro und dann ein schönes Restwochenende mit Mike in ihrem Haus verbracht, ohne dabei ihren Einsatz im Haus *Abendrot* auch nur einmal zu erwähnen.

Mit Mühe und Not war es ihr gelungen, Mike davon abzuhalten, sie am Montagabend zum Dienst zu fahren.

„Ich habe gerade eine gescheiterte Beziehung hinter mir, kenne hier angeblich niemand in Plauen außer Michaela und dann fährt mich ein schnuckliger Kerl im BMW zum Dienst?", hatte sie beim Abendbrot gesagt und schließlich hatte Mike lachend abgewunken.

Als Kate das Haus *Abendrot*, also wie immer per Straßenbahn und den Rest zu Fuß erreichte, traf sie auf Cornelia, eine junge Frau, die auf dem Wohnbereich 1 arbeitete.

Diese stand, mit der Zigarette in der Hand, vor der Tür und sah auf die Uhr.

„Wir haben noch Zeit", begrüßte sie Kate und fragte dann etwas besorgt nach deren Gesundheitszustand.

Kate nickte lächelnd.

„Danke, alles wieder gut."

Cornelia tippte die Asche ab und sah Kate von der Seite an.

„Deine ersten Nächte?"

„Und sicher meine Letzten hier", dachte Kate, nickte aber stumm.

Cornelia trat ihre Zigarette aus und beugte sich etwas näher an Kate heran.

„Pass auf, der Steiner ist unser Examinierter. Der schläft immer oben bei euch, weil das sein Wohnbereich ist. Weck den bloß nicht auf, sonst ist gleich wieder die Hölle los."

Kate sah sie irritiert an.

„Der schläft hier?"

Cornelia nickte.

„Na klar, um Kosten zu sparen, wird Holger bereits im Spätdienst eingesetzt. Ab Mitternacht schläft er dann in einem Zimmer auf eurem Wohnbereich. Morgen früh geht er heim und kommt Mittag wieder."

Sie nahm sich noch eine Zigarette aus der aus der Tasche und zündete sie etwas umständlich an.

Kate fiel auf, dass sie ziemlich zitterte. Entzug? Naja, ein paar leichte Drogen würde sie der Zweiundzwanzigjährigen mit der Pseudopunkfrisur schon zutrauen.

„Aber das ist doch gegen das Arbeitszeitgesetz?"

Cornelia lachte mit ihrer etwas rauen Raucherstimme.

„Als ob das die Heinzmann anheben würde. Und dann ist er ihr Neffe, der hält dicht."

Sie rückte noch etwas näher an Kate heran.

„Die Kohle kann er doch gut gebrauchen, so oft wie der zu den Tschechen in den Puff fährt."

Kate hätte fast laut aufgelacht, kaschierte es aber mit einem leichten Hüsteln.

„Na, dann will ich mal", sagte sie und klopfte Cornelia auf die Schulter.

„Ruhige Nacht."

Diese zertrat den Rest ihrer Zigarette und folgte ihr.

„Dir auch und wenn was ist, ruf einfach an. Auf der 2 ist Peggy, das ist eine ganz Nette, die hilft dir auch, wenn irgendwas sein sollte."

Kate hob noch einmal die Hand und betrat den Fahrstuhl.

Nachdem sie sich umgezogen und den Wohnbereich betreten hatte, kam ihr Holger entgegen.

Relativ professionell erfolgte die Dienstübergabe, er sagte Kate, auf was und wen sie achten solle.

Aber sofort danach kam wieder der alte Holger zum Vorschein, wie sie ihn kannte.

Er deutete auf den rechten Flur.

„Dort hinten ist das Zimmer zur besonderen Verfügung, wie es so schön heißt. Dort drin schlafe ich."

Er nahm seinen Rucksack und schwang ihn über die Schulter.

„Also, ich will, dass hier Ruhe ist und unterstehe dich, mich wegen irgendeinem Kram zu wecken. Weck mich, wenn die Bude brennt oder der MDK auf der Matte steht. Wegen dem machen wir ja den ganzen Zinnober hier", sagte er und musterte Kate mit einem verschlagenen Grinsen von oben bis unten.

„Wundert mich ja, dass du hier erschienen bist. So wie du gereiert hast, dachte ich, du bist länger krank oder kommst gar nicht mehr wieder."

Kate sah ihm in die Augen.

„Tja, vielleicht solltest du den Leuten das Denken überlassen, die was davon verstehen?"

Sein Grinsen verschwand und er trat einen Schritt auf sie zu.

„An deiner Stelle wäre ich ganz vorsichtig."

Kate ging ebenfalls einen Schritt auf ihn zu und stand ihm direkt gegenüber.

„Ach ja?", sagte sie und lächelte.

Trotz seiner Größe und seinem massigen Körperbau wusste Kate, dass sie ihn nicht fürchten musste.

Mit zwei gezielten Karateschlägen könnte sie ihn ins Land der Träume schicken.

Es war wahrscheinlich genau diese Ausstrahlung, die Kate hatte, die Holger schließlich zurückweichen ließ.

„Nimm dich in acht", sagte er nur und verließ das Dienstzimmer.

Mit einem Schmunzeln sah Kate ihm nach.

Sie würde heute Nacht auf alle Fälle nichts trinken, was hier auf dem Wohnbereich stand oder zubereitet worden war.

Vor Dienstantritt hatte sie mit Mike gut zu Abend gegessen und das würde ihr, einschließlich der Getränke, bis morgen früh reichen.

Der erste Teil der Nacht verlief ruhig.

Sie sah in alle Zimmer, reichte ein paar Getränke und führte eine alte Dame zurück ins Bett, die auf dem Flur umhergeisterte.

Dann begab sie sich in das Dienstzimmer, um dort sauber zu machen.

Plötzlich ging das Licht aus und Kate stand im dunklen Dienstzimmer und sah auf den ebenso dunklen Wohnbereich hinaus.

Kate probierte alle Lichtschalter, dann rannte sie aus dem Zimmer auf den Flur und sah sich um.

„Holger?", rief sie und vermutete gleich einen der makabren Scherze des Pflegers.

Aber gleich den gesamten Wohnbereich stromtechnisch lahmlegen? Würde er das wirklich tun, nur um sie zu erschrecken?

Sie war davon nicht überzeugt.

In diesem Moment sprang die dürftige, aber immerhin etwas erhellende Notbeleuchtung an.

Und dann hörte sie erst einen Schrei und das zu Boden stürzen eines Körpers.

„Verflixt", schimpfte sie und rannte los.

„Holger?"

Keine Antwort.

Sie rannte zu dem Zimmer zur besonderen Verfügung, in dem er sich zum Schlafen hingelegt hatte und riss die Zimmertür auf. Es war stockdunkel, also versuchte sie mit der Lampe ihres iPhones den Raum auszuleuchten.

Das Bett war aufgedeckt und augenscheinlich auch benutzt worden, aber von Holger keine Spur.

Wo steckte der verdammte Kerl bloß?

Wem hatte er etwas angetan?

Wer war eben gestürzt?

Sie konnte doch jetzt unmöglich alle Zimmer auf dem Wohnbereich durchsuchen, aber was half es?

Sie musste es tun. Der Schrei und der Sturz hatten so nahe geklungen.

Verdammt, sie hätte Holger nicht aus den Augen lassen dürfen.

Die erste Zimmertür auf- nichts.

So ging sie weiter systematisch vor.

Eben dachte sie darüber nach, Cornelia anzurufen, ob bei ihr auch der Strom ausgefallen war und hob schon ihr iPhone.

„Schwester Katja?", wisperte plötzlich eine Stimme.

Erschrocken fuhr sie herum.

Eine Gestalt, ganz in weiß, stand direkt hinter ihr.

Als Kate sie erkannte, atmete sie erleichtert aus.

„Mein Gott, Frau Wieprecht, sie haben mich erschreckt."

Die nette alte Dame, die für Kate in all den Tagen immer ein gutes Wort übrig hatte und sich sehr liebevoll um andere Bewohner kümmerte, denen es schlechter ging als ihr selbst, schien aufgeregt.

„Kommen sie, Schwester Katja, bitte. Frau Ulrich. Es geht ihr schlecht, sehr schlecht."

Kate begann zu schwitzen.

Sie war keine Fachkraft und Holger unauffindbar.

Was sollte sie machen?

Die alte Dame nahm ihre Hand und zerrte daran.

„Kommen sie, bitte. Es ist dringend."

Kate ging mit ihr.

Das Zimmer war in völlige Dunkelheit getaucht, aber Kate nahm wieder ihr iPhone und leuchtete es aus, so gut es ging.

Frau Ulrich lag im Bett und regte sich nicht.

Kate griff zum Puls, aber da war nichts.

Sollte sie reanimieren?

Nein, dazu war es mit Sicherheit zu spät und es wäre für die alte Dame auch keine Option gewesen.

Sie war definitiv tot.

Plötzlich sah Kate etwas auf dem Boden liegen.

Verflixt, es war wieder eine Spritze.

Frau Wieprecht sah an ihr vorbei, zu Frau Ulrich hin.

„Ist sie tot?", fragte sie leise, als könne sie diesen Schlaf noch stören.

Kate nickte stumm.

Dann ging die alte Dame zu ihrer Zimmergenossin und faltete ihr die Hände auf der Brust, ganz zart und liebevoll.

„Der Engel hat sie erlöst", sagte sie mit zittriger Stimme und Kate fühlte ein Frösteln.

Nein, das war kein Engel gewesen, sondern ein Mörder und hier hatte sie endlich den Beweis.

Mit einem Taschentuch hob sie die Spritze auf und ließ sie in ihrer Kitteltasche verschwinden.

„Kommen sie, Frau Wieprecht, setzen sie sich in den Aufenthaltsraum", sagte sie und wollte die alte Dame hinausbegleiten, aber diese hatte sich einen Stuhl herangezogen und setzte sich darauf.

„Ich bleibe bei ihr. Machen sie doch bitte das Fenster auf."

Kate nickte. Auch sie erinnerte sich an diesen Brauch, das Fenster zu öffnen, um der Seele die Chance zu geben hinaus zu fliegen.

Also tat sie, was Frau Wieprecht gesagt hatte.

Es war eine warme Nacht und die alte Dame würde sich nicht erkälten. Außerdem schien von draußen die Straßenlaterne etwas herein und ließ alles in einem sanften Licht erscheinen, fast feierlich wirken.

Kate legte Frau Wieprecht sanft eine Hand auf die Schulter.

„Kann ich sie allein lassen?"

Die alte Dame hob den Kopf und lächelte.

„Aber ja doch, Kind. Ich bin doch gar nicht allein. Gehen sie ruhig."

Kate ging zurück auf den Flur.

Der Strom war noch immer weg und jetzt hörte sie lautes Stöhnen. Also stimmte doch etwas nicht.

Sie nahm ihr iPhone, überlegte, nun doch Cornelia anzurufen, aber entschied sich dann anders.

Sie hatte es ihm versprochen. Also wählte sie Mikes Nummer.

Verschlafen meldete er sich. „Köhler."

Scheinbar hatte er nicht aufs Display geschaut und wusste nicht, dass sie anrief. Sicher vermutete er seine Dienststelle.

„Mike, ich bin`s. Hier stimmt etwas nicht. Der Strom ist weg, Holger Steiner ist verschwunden, jemand stöhnt und jammert und eine alte Dame ist tot. Ich habe eine leere Spritze neben ihr auf dem Fußboden gefunden und sie sichergestellt."

Wie sie es nicht anderes erwartet hatte, war Mike sofort munter.

„Ich komme. Und Kate, keine Alleingänge. Geh in einen Raum und schließ dich ein. Wir kommen schon ins Haus rein, du musst uns nicht aufmachen. Verstanden?"

„Ja", sagte sie. „Klingelt einfach auf dem Wohnbereich 1. Cornelia wird euch aufmachen. Ich rufe sie an."

„Nein", fiel ihr Mike entschieden ins Wort. „Keine internen Telefonate mehr. Schließe dich jetzt ein und

119

warte ab."

Eine Sekunde verspätet sagte er noch: „Bitte, Kate."
Dann legte er auf.

Wieder ein Stöhnen und dann eine leise Stimme.
Eindeutig eine Frauenstimme.

Kate dachte nicht daran, sich irgendwo einzuschließen. Hier benötigte jemand Hilfe.

Sie schlich den Gang entlang, stieß gegen einen geparkten Bettenwagen und fluchte leise. Das Rumpeln war sicher auf dem gesamten Wohnbereich zu hören.

Als sie die Tür zum Bad öffnen wollte, spürte sie einen leisen Luftzug und etwas, das sich in ihren Rücken bohrte, spitz und schmerzhaft. Ein Messer?

„Ganz leise", wisperte eine Frauenstimme und sie nickte. Dann wurde ihr Arm umfasst und sie wurde zur Tür geschoben.

Kate begann unwillkürlich zu zittern.

Wie ein Flashback kam es urplötzlich über sie. Das Haus, in dem sie und Luise Krause gefangen waren. Konrad Fischer und sein Sprengstoffgürtel.

Die Explosion und das Haus, was über ihnen zusammenstürzte.

Wie Blitzlichter zuckten diese Bilder vor ihr auf und nahm ihr den Atem.

Die Hand auf ihrem Arm griff plötzlich fester zu, aber seltsamerweise empfand Kate es nicht als unangenehm. Es war wie ein Anker in das hier und jetzt, weg von den schrecklichen Erinnerungen.

Dann ging die Tür einen Spalt auf und es war unerwartet hell.

Als sich Kates Augen daran gewöhnt hatten, schrak sie bei dem, was sie vor sich sah, unwillkürlich zusammen.

Holger Steiner saß, an die Einstiegshilfe der Badewanne gefesselt, auf den Fliesen.

Er hatte eine Kopfplatzwunde, die langsam, aber stetig, blutete und im grellen Licht einer aufgestellten Lampe, die Kate hier noch nie gesehen hatte, glich sein Gesicht einer bizarren Horrormaske.

Außerdem hatte er mehrere Schnitte, die seinen nackten weißen Oberkörper zeichneten.

Sein Poloshirt war aufgeschnitten worden und lag blutverschmiert mitten im Raum.

Kate wurde über die Fliesen in Richtung Toilette geschoben.

„Setzen sie sich", forderte die Stimme hinter ihr sie auf und Kate setzte sich gehorsam auf den geschlossenen Toilettendeckel.

„Den rechten Arm hinter und dann den linken. Langsam bitte."

Auch das tat sie und spürte, wie ihre Hände zusammengebunden wurden, fest, aber nicht brutal.

Sie biss heftig die Zähne zusammen, in der Erwartung, wieder von den Erinnerungen überrollt zu werden. Aber dieses Mal blieben sie aus.

Der Strick, mit dem sie gefesselt war, endete an einer Stange, die man in die Wand eingelassen hatte und die eigentlich den Senioren zur Hilfe beim Aufstehen diente.

Erst jetzt trat die Person hinter ihr in ihr Sichtfeld.

Trotz der schlechten Beleuchtung erkannte Kate die zierliche Gestalt der Pflegedienstleiterin.

„Schwester Britta?", stammelte sie ungläubig.

Wie kam die mitten in der Nacht hier her?

Hatte sie auch Holger verdächtigt, die Senioren getötet zu haben und ihm heute Nacht aufgelauert?

Oder hatte sie geglaubt, Schwester Kathrin, die Wohnbereichsleiterin, auf frischer Tat zu ertappen und Holger war ihr nur dazwischengekommen?

Aber plötzlich erkannte sie den enormen Denkfehler, den sie die ganze Zeit begangen hatte.

„Sie waren es, Schwester Britta? Sie haben Frau Ulrich, Frau Baumann und auch die anderen umgebracht?", fragte Kate schließlich und sah, wie Holgers Kopf nach oben fuhr und er entsetzt die Pflegedienstleiterin anstarrte.

Diese schüttelte, noch immer das blutige Skalpell in der Hand, mit dem sie ihm die Schnitte beigebracht und mit dem sie auch Kate in Schach gehalten hatte, den Kopf.

„Umgebracht? Ich bin doch keine Mörderin. Ich habe sie erlöst. Erlöst, von dem allen hier."

Sie schwenkte das Skalpell hin und her.

Dann trat sie an Holger heran und drückte die Klinge gegen seinen Hals.

„Von diesem widerlichen Sadisten hier, der keinen Dreck besser ist als seine geldgeile Tante."

Holger atmete so flach als möglich und stieß einen leisen Wimmerton aus.

„Ach ja, jetzt machst du dir fast in die Hosen, du Schlappschwanz. Aber die alten Menschen hier quälen, das hat dir Spaß gemacht."

Die Klinge bohrte sich tiefer in sein Fleisch. Das Wimmern verstummte abrupt.

Kate beugte sich etwas nach vorn.

„Schwester Britta, bitte. Ja, der Kerl ist ein widerlicher Sadist. Aber wenn sie ihn jetzt abstechen, dann wären sie eine Mörderin, eine ganz gemeine Mörderin. Und das sind sie nicht."

Sie musste auf Zeit spielen, denn Mike würde in Kürze hier eintreffen.

Aber bis dahin konnte noch einiges passieren.

„Bitte", sagte sie noch einmal und langsam senkte sich die Hand mit dem Skalpell ein paar Zentimeter von Holgers Schlagader nach unten.

Kate setzte sich etwas aufrechter hin und scharrte leicht mit den Füßen, um Brittas Aufmerksamkeit auf sich zu lenken.

„Warum haben sie die alten Menschen…erlöst?", fragte sie leise.

Der Blick der Pflegedienstleiterin schwenkte zu ihr und sie sah sie jetzt an.

„Sie haben doch gesehen, was hier los ist. Niemand hat Zeit für diese Menschen, keiner mehr ein gutes Wort. Hauptsache alle sitzen halb acht beim Frühstück. Und die, die nicht mehr können, die im Bett liegen, die unserer besonderen Fürsorge bedürfen, aber nichts fordern können, die bekommen noch weniger als nichts, nämlich gar nichts mehr. Keine Zuwendung, keine Gespräche, nichts. Nur sauber, satt, warm. Ende."

Kate sah, wie die Pflegedienstleiterin zu zittern begann.

„Sie haben Schmerzen und können es nicht äußern. Sie sind alt, sehr alt und wollen sterben, aber das dürfen sie nicht. Sie müssen essen und trinken und dürfen nicht ein Gramm abnehmen."

Ihre Stimme war jetzt laut und sicherlich weithin zu hören. Gut, die Polizei würde sie so besser orten können.

„Aber viele der Pflegekräfte geben doch jeden Tag ihr Bestes für diese Menschen", versuchte Kate das Gespräch am Laufen zu halten.

Britta schüttelte wie wild den Kopf.

„Aber es ist zu wenig, es ist immer zu wenig. Und wenn man mehr tun will, dann macht einem so jemand wie dieser Kerl hier alles zunichte. Wussten sie, dass er alles seiner Tante hinterbracht hat? Er ist schlimmer als ein Stasispitzel."

Wieder stürzte sie sich auf Holger und zog ihm das Skalpell quer über die Brust.

Blut spritzte und er schrie wie ein abgestochenes Schwein, aber Kate sah, dass der Schnitt nur oberflächlich war.

Auch wenn sie diesen Kerl nicht mochte, musste sie Britta davon abhalten, ihn wirklich umzubringen.

„Es ist nicht nur Frau Heinzmann, Schwester Britta, es liegt am System. In den zwei Wochen hier hatte ich ein ganz klein wenig Einblick, um das verstehen zu können."

Die Pflegedienstleiterin sah sie wieder an.

„Sie, Katja, sie haben sich wirklich bemüht. Sie sind menschlich, empathisch. Das ist gut."

Britta deutete mit dem Skalpell auf Holger.

„Aber der da, der ist ohne Empathie, das ist der Teufel."

Ehe sie sich ihm wieder nähern konnte, ging Kate in die Offensive.

Es war ihr endlich gelungen, die laienhafte Fesselung zu lockern.

Jetzt musste sie die Pflegedienstleiterin nur noch weit genug von Holger weglocken.

„Schwester Britta, danke, dass sie mich so einschätzen, aber ich muss ihnen ein Geständnis machen.
Ich habe sie, was meine Qualifikationen betrifft, getäuscht."

Wirklich, die Pflegedienstleiterin wandte sich jetzt wieder ihr zu. Sie lächelte sogar etwas, was allerdings in der schummrigen Beleuchtung eher beängstigend wirkte.

„Aber das weiß ich doch. Schwester Kathrin hat sehr schnell mitbekommen, dass sie nie wirklich in der Pflege gearbeitet haben."

Oh, das würde aber Schwester Angelika treffen, dachte sich Kate in diesem Moment. Sie hatte sich doch so viel Mühe mit ihr gegeben.

„Wir wollten ihnen eine Chance geben, gerade weil sie sich so bemüht haben um die alten Herrschaften. Kommen sie aus dem Gefängnis? Das würde einiges erklären. Das etwas nicht mit ihnen stimmt, hat der da herausgefunden."

Sie deutete mit dem Skalpell auf Holger, der wie paralysiert auf die Waffe in der Hand der Pflegedienstleiterin starrte.

Fast hätte Kate laut aufgelacht. Darum also hatte Holger sie gestalkt, um seiner Tante unterbreiten zu können, dass sie irgendeine kriminelle Vergangenheit hatte.

Scheinbar war er noch dumm genug gewesen, um den anderen gegenüber Andeutungen zu machen.

Gut, ihre Tarnung war jetzt sowieso aufgeflogen, wenn auch in eine ganz andere Richtung.

„Nein, ich komme wirklich aus den Staaten, aber ich habe dort nicht als Kellnerin gejobbt und ich war auch nicht im Gefängnis, jedenfalls nicht als Insassin. Ich war FBI Agentin und habe jetzt hier in Plauen eine Detektei."

Plötzlich hörte sie Holger grunzen.

„Eine FBI Agentin, dass ich nicht lache. Die würde sich doch nie von so einer übertölpeln lassen."

„Halt die Klappe, du Idiot", zischte Kate leise und richtig, Schwester Brittas Aufmerksamkeit ließ, ihre Person betreffend, schlagartig nach.

Wieder wandte sie sich Holger zu und stach mit dem Skalpell auf ihn ein, dieses Mal erwischte sie die Schulter.

Durch seinen Speck, den er am ganzen Körper trug, war er zumindest vor tieferen Verletzungen geschützt, auch wenn er jetzt wieder aufschrie.

Kate musste Schwester Britta ablenken.

„Wie konnten sie ihn überwältigen?", fragte sie und deutete mit dem Kinn zu Holger hin, der jetzt wieder in ein konstantes Wimmern verfallen war.

„In dem ich ihn geweckt und hier her ins Bad gelotst habe. Angeblich bin ich dahinter gestiegen, dass es im Heim zum Diebstahl von Betäubungsmitteln kam und ich brauchte ihn jetzt, um es zu beweisen. Er war so benebelt, dass er es gar nicht in Frage stellte. Und dann habe ich ihm den Baseballschläger über den Kopf gezogen."

Völlig emotionslos schilderte die Pflegedienstleiterin das und irgendwie konnte es Kate ihr nicht einmal verübeln.

Aber sie hatte deren Monolog genutzt, um weiter auf dem Toilettendeckel nach vorn zu rutschen.

Jetzt waren ihre Hände frei, aber noch ließ sie sie auf dem Rücken.

Sie schaute auf, etwas irritiert und sah dann die Pflegedienstleiterin alarmiert an.

„Schwester Britta, hören sie das auch?"

Die Pflegedienstleiterin zögerte einen Moment, aber in diesem Moment hatte Kate sie von hinten gepackt und warf sie zu Boden.

Dabei rutschte Schwester Britta das Skalpell aus der Hand und schlitterte über die Fliesen unter einen Schrank.

Holger Steiner unterbrach sein Gewimmer und kreischte auf. Scheinbar hatte er seine alte Form recht schnell zurückgewonnen, denn seine Augen funkelten vor diabolischem Zorn.

„Mach sie fertig, die alte Kuh, los, mach sie fertig", brüllte er wie von Sinnen.

Kate ließ sich zur Seite rollen und trat mit ihrem Fuß dabei heftig gegen seine füllige Hüfte.

„Aua, pass doch auf", maulte er und zog schmerzhaft die Luft ein.

Wutentbrannt sprang Kate jetzt auf die Füße.

„Und du hälst jetzt endlich deinen Rand, sonst trete ich dir noch wo anders hin."

Der Pfleger klappe vor Erstaunen die Kinnlade nach

unten, was ihn nicht unbedingt vorteilhafter aussehen ließ, während Kate Schwester Britta auf die Beine
half.

Geradezu sanft zog sie sie zur Toilette und setzte sie
dorthin, wo sie selbst noch vor ein paar Minuten
gefesselt gesessen hatte.

Jetzt hörte sie auch Tumult im Treppenhaus und
eine, ihr bekannte, Stimme. „Kate?"

„Hier, im Bad, die dritte Tür rechts."

Plötzlich flammte auch das Deckenlicht auf und sie
sah Mike, die Pistole auf den Boden gerichtet, eintre-
ten.

Mit einem schnellen Rundumblick verschaffte er sich
einen Überblick.

Als Kate den Kopf schüttelte, steckte er die Waffe
weg.

Holger deutete mit dem Kopf auf die Pflegedienstleiterin, die zusammengesunken auf dem Toilettendeckel saß und sich an Kate gelehnt hatte, die ihr beruhigend die Schulter streichelte.

„Die war´s. Nehmen sie diese gemeingefährliche Irre
fest, los, machen sie schon."

Seine Stimme hatte eine Höhe erreicht, die Mike
schmerzhaft das Gesicht verziehen ließ.

Kate ließ Schwester Britta los und trat auf Mike zu.

„Habt ihr eine Beamtin dabei? Ich glaube, das wäre
besser."

Sie deutete auf die zusammengesunkene, kleine Gestalt.

Mike öffnete die Tür zum Flur.

„Obermeisterin Grigul?"

Eine ungefähr dreißigjährige, untersetzte Beamtin kam herein. Als Mike auf die Pflegedienstleiterin deutete, nahm sie vom Hosenbund ihre Handschellen, aber Kate schüttelte den Kopf.

Irritiert sah die Beamtin Mike an, der zustimmend nickte.

Schulterzuckend ließ sie die Handschellen zurückgleiten und trat auf die Frau zu.

Kate stellte sich neben sie. „Schwester Britta?"

Die Frau hob langsam das blasse, völlig erschöpft wirkende Gesicht.

„Kommen sie, diese Polizistin hier wird sie nach unten bringen."

Langsam nickte die Pflegedienstleiterin und erhob sich schwerfällig.

Alle Kraft schien aus ihr gewichen zu sein und die Obermeisterin musste sie stützen, sonst wäre sie zu Boden geglitten.

„Warum wird sie nicht in Handschellen abgeführt, he?", ließ sich Holger vernehmen. „Und warum kümmert sich keiner um mich, nur um diese Mörderin?"

Ehe Mike etwas sagen konnte, war Kate neben den Pfleger getreten und beugte sich zu ihm hinunter.

Sie näherte sich langsam seinem Ohr.

„Weil sie trotz allem nicht so ein Arschloch ist wie du", flüsterte sie und ließ blitzschnell ihren Kopf gegen sein Gesicht sausen.

Das Knirschen seiner Nase löste in ihr ein tiefes Gefühl der Befriedigung aus, genau wie sein lautes Geschrei.

„Sie hat mir die Nase gebrochen, diese gottverdammte Kampflesbe. Sie haben es doch gesehen, Herr Kommissar?", rief er Mike zu.

Dieser atmete tief ein.

„Hauptkommissar", verbesserte er ihn und löste sehr langsam die Fesseln des Pflegers. „Der Notarzt ist gleich da."

Holger Steiner fuhr sich mit den jetzt freien Händen ins Gesicht.

„Sie haben es gesehen, nicht wahr? Ich verklage sie, diese…"

„Jetzt nehmen sie sich aber mal zusammen", herrschte Mike ihn an. „Was soll ich denn gesehen haben? Wie sie mit dem Kopf gegen den Wannenrand gefallen sind? Ja, das habe ich gesehen."

„Das ist Polizeiwillkür", jammerte der Pfleger und Mike schüttelte nur mitleidig den Kopf.

„Frau Schulz ist keine Polizistin, also trifft das auf sie kaum zu."

Er öffnete die Badtür und gab Kate ein Zeichen.

Mit einem letzten Grinsen im Gesicht verabschiedete diese sich von Holger Steiner.

Kapitel 7

Sie saßen auf Kates Terrasse, gesättigt von einem exzellenten Essen, wie es nur Omar zubereiten konnte. Es war die letzte warme Mainacht, morgen würde der Juni beginnen.

Sogar Jasmin hatte heute auf einen wärmenden Pullover verzichtet.

Erst jetzt sprachen sie über den Fall, der vor über einem Monat seinen Abschluss gefunden hatte.

Zuviel war noch unklar gewesen, um endlich den „Sack zumachen zu können", wie Mike es wenig fachlich ausgedrückt hatte.

Britta Maiwald saß in einer geschlossenen psychiatrischen Abteilung und sah einem psychiatrischen Gutachten entgegen, dass ihre Schuldfähigkeit entweder bestätigte oder in Abrede stellte.

Omar hatte inzwischen durch eine Autopsie zweifelsfrei nachgewiesen, dass sie Frau Ulrich mit Insulin und Digitoxin umgebracht hatte.

In den Vernehmungen hatte die ehemalige Pflegedienstleiterin es auch nicht abgestritten.

Das Einzige, was sie vehement von sich wies, war die Tatsache, die alten Menschen getötet zu haben.

„Ich habe sie erlöst", sagte sie immer und immer wieder.

„Es ist einfach erschreckend, dass sie in diesem Wahn versunken war, das tun zu müssen", sagte er und nippte an Kates Limonade.

Diese nickte.

„Und es konnte auch nur in dieser Atmosphäre geschehen. Keiner hat etwas bemerkt oder wollte etwas bemerken. Alle hatten Angst vor dieser Heinzmann und ihren cholerischen Ausbrüchen und ihrem sadistischen Neffen, der das gesamte Pflegepersonal und die Bewohner, die sich nicht wehren konnten, terrorisiert hat."

Mike lehnte sich mit einem Lächeln zurück.

„Im Übrigen hat der HNO -Arzt seine Nase wieder gut gerichtet, obwohl der Kerl auch so nicht gerade Anwärter auf einen Schönheitspreis ist."

Dann wurde er ernst.

„Dank deiner Aussage und auch den Aussagen der Mitarbeiter und einiger Bewohner wird er seine Zulassung als Krankenpfleger aberkannt bekommen. Außerdem steht ihm noch mindestens ein Prozess bevor. Einige Angehörige, aber auch Pflegekräfte sind bereit, ihn zu verklagen. Es geht um Körperverletzung, Nötigung und sogar Erpressung. Er hat inzwischen auch eingestanden, dir das Diuretika in den Kaffee gemischt zu haben. Laut dem medizinischen Gutachten könnte es sogar auf versuchten Todschlag hinausgehen."

„Und diese Heimleiterin?" fragte Jasmin und schenkte sich Wein nach.

„Wurde natürlich sofort von der Geschäftsleitung, die angeblich nichts wusste, vom Dienst suspendiert. Die Frau ist schwer alkoholkrank."

Mike schüttelte den Kopf.

„Überhaupt diese Geschäftsleitung. Sitzt irgendwo in

Hessen und als die Staatsanwaltschaft ermittelte, wusste natürlich niemand etwas von diesen *untragbaren Zuständen* in ihrem Plauener Heim *Abendrot*. Auch, dass hier eindeutig Lohndumping betrieben wurde, wusste angeblich keiner. Alle Mitarbeiter würden den Mindestlohn erhalten. Allerdings existiert dein Arbeitsvertrag und der spricht eine andere Sprache. Alle anderen sind unglücklicherweise verschwunden, aber das ist jetzt Sache des Zolls und der Staatsanwaltschaft."

Er sah Kate an.

Omar nahm sich noch eine Hand von den Nüssen, die Kate in einigen Holzschalen auf dem Tisch drapiert hatte. Während er kaute, fuchtelte er mit der Hand in der Luft herum.

„Das Furchtbare an der ganzen Sache ist für mich nicht diese Lohngeschichte, was zweifellos eine Schweinerei ist. Was für mich wirklich furchtbar ist, dass eine so überaus engagierte Krankenschwester, wie diese Schwester Britta, sich sozial immer mehr isolierte und nur in ihrem Beruf Erfüllung suchte. Dabei stieß sie immer mehr und mehr an die Grenzen, die sie sich selbst gesteckt hatte. Schließlich wählte sie den völlig falschen Weg, weil sich in ihren Augen keiner oder fast keiner um die hochaltrigen, schwer kranken Menschen gekümmert hat. Und es hat sich auch keiner um sie gekümmert, Hauptsache, sie funktionierte. Alle schlossen die Augen. Es wollte keiner sehen, dass sie völlig ausgebrannt war."

Er lehnte sich zurück und schüttelte traurig den Kopf. Es war ihm anzumerken, wie ihn das Schicksal dieser Frau berührte.

„Britta Maiwald ist keine kaltblütige Mörderin", fuhr er schließlich mit leiser Stimme fort.

„Aus ihrer Sicht hat sie etwas Gutes getan. Sie unterscheidet sich zum Beispiel von diesem Pfleger Högel, der aus Machtgefühl und Geltungsdrang ihm anvertraute Menschen ermordete. Das war nicht ihr Hintergrund. Sie sah sich als jemand, der andere von ihren Leiden erlöst. "

Eine Weile war Stille, man hörte im Garten die Grillen zirpen und das Rascheln eines Tieres, vielleicht eines Igels.

Kate fuhr langsam mit dem Finger über die Tischplatte.

„Weißt du, was mir dieser Herr Konrad erzählt hat? Einer der Opfer von Schwester Britta war Erich Pöhland, ein achtundneunzig Jahre alter Mann. Er war noch in Stalingrad, hat dort schwere Erfrierungen erlitten, danach in russischer Kriegsgefangenschaft. Seit zwei Jahren lag er nun in diesem Heim, wurde jeden Tag unter großen Schmerzen in den Rollstuhl *mobilisiert*, wie es schon schön heißt. Er wollte das nicht, aber das interessierte niemand. Er sagte Herrn Konrad, er würde gern sterben, er habe ein langes Leben hinter sich gebracht, aber das hier, das sei kein Leben mehr. Einmal habe er das Essen verweigert, weil er darin eine Chance sah, endlich sterben zu können. Aber man drohte ihm eine Sonde an. Und schließlich, so sagte mir Herr Konrad, habe ihn der Engel erlöst und er selbst hoffe, dass er auch ihn eines Tages erlösen würde, wenn es für ihn an der Zeit wäre."

Mike schüttelte den Kopf.

„Das ist ja jetzt wohl vorbei."

Er sah Kate an, die weiterhin nicht sichtbare Dinge auf die Holztischplatte zeichnete.

Er griff hinüber und legte seine Hand auf die ihre.

„Du willst doch diese Art von Selbstjustiz jetzt nicht allen Ernstes rechtfertigen?"

Sie hob die Augen und zog ihre Hand langsam aus der seinen. Dann schüttelte sie den Kopf.

„Es ist ja genau dieses ethische Dilemma. Darum hatte ich sogar Schwester Kathrin in Verdacht. Heute weiß ich, dass sie lediglich versuchte, oft gemeinsam mit diesem Doktor Brauner, nicht aktiv in den Sterbeprozess einzugreifen. Diese alten Menschen einfach in Würde einschlafen zu lassen, ohne Intensivmedizin. Sie haben gemeinsam akzeptiert, dass jemand in der Sterbephase nur noch wenig isst und trinkt und sie haben ja auch eine ordentliche Schmerztherapie gemacht und ich dachte, sie will Frau Ulrich umbringen, weil sie diese Spritze versteckt hat. Sie ihrerseits dachte, ich sage es vielleicht der Heinzmann und die wiederum hatte Angst, eine Morphiumbehandlung würde ihre Bewohner mit einem hohen Pflegegrad schneller sterben lassen und es dem Pflegepersonal sogar untersagt. Damit sollten sie bewusst gegen ärztliche Anordnungen verstoßen.

Das Schwester Kathrin und der Arzt mit ihrer Heimlichkeit damit sogar Schwester Britta Vorlauf gegeben haben, konnten beide nicht ahnen. Diese deutete es als hinauszögern der Leidenszeit und wurde ihrerseits aktiv."

Omar nickte etwas.

„Ja, und es ist ein großes Tabuthema. Ich glaube, wir werden noch Jahre brauchen, um endlich einen ethisch vertretbaren Weg zu finden im Umgang mit Sterben und Tod."

Jasmin schüttelte den Kopf.

„Da wollen wir alle alt werden wie Methusalem, aber keiner will sehen, wie das Ende sein kann."

Omar lehnte sich zurück und sah Jasmin an.

„Du sagst es", meinte er ganz leise. „Wie es sein kann, aber nicht sein muss. Diese Schwester Kathrin und der Herr Kollege Brauner sind doch das beste Beispiel dafür, dass es Menschen gibt, die sich dafür einsetzen, dass sich ein Lebenskreis in Würde schließen darf. Also besteht immer noch Hoffnung."

Eine Weile war es sehr still auf der Terrasse, kein Laut drang heran, da sie der Straße abgewandt, direkt zum Stadtpark hin lag.

Nur die Kerze, die in der Mitte des Tisches brannte, gab ab und an ein leises Knacken von sich.

Mike goss Jasmin und sich noch etwas Wein nach und lehnte sich wieder zurück.

„Wie alt ist der überhaupt geworden, dieser Methusalem?", fragte er in die Runde und durchbrach damit die Stille.

„969 Jahre", sagte Kate prompt und erntete erstaunte Blicke.

Sie zuckte lakonisch mit den Schultern und lächelte.

„Naja, ich habe eine gute, katholische Grundbildung genossen."

„Und er zeugte mit 187 Jahren Lamech, den Vater von Noah. Ihr wisst schon, den mit der Arche", ergänzte Jasmin, ohne auch nur eine Miene zu verziehen. Aber ihre Augen glänzten im Kerzenschein.

„Meine katholische Grundbildung ist auch nicht so schlecht."

Damit hatten sie die Situation wieder entspannt.

Omar verbeugte sich leicht in Richtung der beiden Frauen.

„Mike, da haben wir uns ja richtig intelligente Mädels an Land gezogen", murmelte er und erhielt von Jasmin einen leichten Klaps auf den Arm.

„Immer langsam, mein Bester, sonst lasse ich mir deinen Antrag noch einmal durch den Kopf gehen, aber gründlich."

Kate sprang auf, wobei sie fast Mikes Weinglas umwarf, was dieser noch zu fassen bekam.

„Ihr wollte heiraten?", rief sie so laut, dass der Schäferhund von gegenüber einen wütenden Beller von sich gab.

Jasmin nickte und meinte lakonisch: „Da es ja nun dank dir scheinbar halb Plauen gehört hat, ja, wollen wir. Allerdings wollten wir es euch ganz offiziell mitteilen, inklusive der Fragestellung. Wollt ihr unsere Trauzeugen werden?"

Kate war inzwischen bei Jasmin angekommen und umarmte sie spontan.

„Aber ja, das wisst ihr doch!"

Omar rieb sich die Hände.

„Also dann, endlich können die Einladungen raus. Am 30. September ist es soweit."

Seine dunklen Augen glänzten verdächtig, als er von Kate eine Umarmung erhielt und von Mike ein anerkennendes Schulterklopfen.

Nachwort:

Die von mir geschilderten Geschichten, Einrichtungen und Menschen sind fiktiv.
Es gibt in Plauen weder einen Pflegedienst *„Heimat"* noch ein Pflegeheim *„Abendrot"*.
Sie sind frei erfunden und eventuelle Ähnlichkeiten rein zufällig und nicht beabsichtigt.
Real ist allerdings die Plauener Kaffeerösterei und ihr Besitzer Daniel, der so freundlich war mir zu gestatten, Teile meiner Geschichten in seinen Räumen, damals noch im Wilkehaus (Bahnhofstraße), anzusiedeln.
Auch das erwähnte Kaffeehaus Müller existieren in Plauen und gehört zum „Stammcafé" der Autorin ☺.

Zur Autorin:

Annette G. Krupka wurde in Plauen geboren.
Sie besuchte hier die Schule, lernte Krankenschwester, studierte später Pflegemanagement, erwarb einen Masterabschluss und ist als freiberufliche Unternehmensberaterin tätig.
Heute lebt sie in einer Thüringer Kleinstadt und hat ein Fachbuch zum Thema Pflege veröffentlicht.

Methusalem ist der vierte Teil um die ehemalige FBI-Agentin Kate Schulz.
Bisher sind erschienen: *„Lebensborn"*, *„Golem"* und *„Entführt"*.
Weitere Folgen sind geplant.

Nach England und Schottland entführt die Reihe um Jane Mackenzie und Detective Inspektor Peter Brown. Hier ist bereits *„Der Hyde Park Mörder"* erschienen. Auch hier wird es weitere Folgen geben, demnächst *„Die Rache der Kali"*.

Liebe Leser, danke, dass Sie Kate Schulz bis zum Ende des vierten Falles gefolgt sind.

Sind Sie neugierig, wie es weiter geht mit Kate Schulz???
Bald ist es soweit:

Kate Schulz 5- Filmriss-

Völlig verstört und blutüberströmt taucht Elke Wildner in der Notaufnahme des Plauener Klinikums auf.
Schnell wird klar, es ist nicht ihr Blut, sondern das Blut einer ihr völlig fremden Frau.
Doch diese ist tot. Erstochen mit einem Messer, dass Elkes Fingerabdrücke trägt.
Aber noch während sie im Klinikum liegt, verschwindet Elke, die selbst Krankenschwester ist, plötzlich. Freiwillig?
Während ganz Plauen unter einer tropischen Hitzewelle leidet, ermittelt die Polizei fieberhaft.
Da erhält Kate Schulz einen verzweifelten Hilferuf.

LESEPROBE zu „Filmriss"

Als Hauptkommissar Mike Köhler am Tatort eintraf, musste er sich erst einmal durch eine Menge an Gaffern kämpfen, die vor der eilig errichteten Barriere aus rot-weißem Flatterband und uniformieren Polizisten nur begrenzt abgehalten werden konnten, noch näher heranzurücken.

Einige hatte ihre Smartphones bereits in Stellung gebracht, um eventuell ein vermeintlich gutes Foto zu erhaschen. Der diensthabende Polizeiobermeister, ein grauhaariger Endfünfziger, hielt Mike das Flatterband hoch, sodass dieser darunter durchgehen konnte.

„Guten Abend, Herr Hauptkommissar", sagte er und deutete mit dem Kopf in Richtung einer Parkbank. „Die Frau liegt oder vielmehr sitzt da drüben und die beiden, die sie gefunden haben, da vorn."

Der sonst so stille Lutherpark, benannt nach der sich daneben befindlichen Lutherkirche, war von Scheinwerfern erhellt.

Auf der Dobenaustraße standen zwei Polizeifahrzeuge mit eingeschaltem Blaulicht und direkt vor dem Rathausportal stand das Fahrzeug der Spurensicherung, während ein Krankenwagen inklusive Notarztwagen gerade das Gelände verließ.

Hier war für sie nichts mehr zu tun.

„Obermeister Müller, haben sie die Sache hier im Griff?", fragte Mike und deutete auf die Gaffer, die sich immer näher herandrängten.

Dieser nickte zögerlich.

„Ich hoffe mal, dass wir noch etwas Verstärkung bekommen."

Mike zog sein Smartphone aus der Tasche und rief den Bereitschaftsdienst an. Dann trat er zurück an das Flatterband.

„Mein Name ist Hauptkommissar Köhler. Das hier ist ein Tatort. Ich fordere sie nachdrücklich auf, sich zu entfernen. Sollte dem nicht umgehend Folge geleistet werden, wird der Platz von der Polizei geräumt. Und schalten sie sofort ihre Smartphones aus."

Ein Raunen ging durch die Menge, dann entfernten sich die meisten unter mehr oder minder leise ausgesprochenem Protest. Aber einige blieben beharrlich stehen, ja, drängten jetzt nach vorn bis zum Band und zwei Jugendliche hielten ihre Smartphones geradezu demonstrativ in die Höhe.

Der eine, ein Junge von vielleicht 15 Jahren mit kurzen, blondierten Haaren grinste dabei provokativ Mike an.

Dieser wandte sich langsam um.

„Obermeister Müller, nehmen sie bitte die Personalien dieser Leute hier auf, zwecks Anzeige zur Behinderung von polizeilichen Ermittlungsarbeiten."

Dann wandte er sich endlich dem Tatort zu.

Zu seinem Erstaunen sah er die große, kräftige Gestalt des Pathologen, Professor Omar Amri, der sich über die Parkbank beugte, sodass Mike nur noch zwei Füße sah, die in hochhackigen Sandaletten steckten.

Mike trat an ihn heran und stellte sich neben ihn.

Jetzt sah er das Opfer, eine Frau Mitte dreißig, schlank, mit dunkelblondem Haar, dass sie am Hinterkopf mit einer Spange aufgesteckt hatte. Das leichte, fliederfarbene Sommerkleid war nach oben gerutscht und ließ den Blick auf ein paar gebräunte, wohlgeformte Beine zu.

Ihr Kopf lag mit der rechten Wange auf der Banklehne.

Es sah fast so aus, als wolle sie sich ausruhen, wäre da nicht der Schnitt gewesen, der quer über ihren Hals verlief und eine Menge an Blut auf sie selbst und die gesamte Bank verteilt hatte.

„Hallo, Omar, was machst du denn hier?"

Der Pathologe hob den Kopf und lächelte Mike an.

„Hi, Mike. Ich unterstütze die Jungs der Spurensicherung, was sonst? Ich mache zurzeit häufiger Bereitschaften, zumal Doktor Weber Vater geworden ist und da haben wir uns geeinigt. Ich denke, dich interessiert erst mal was anderes, oder?"

Er streifte die Einmalhandschuhe ab und trat einen Schritt zurück.

„Eigentlich eine ganz klare Sache. Jemand ist von hinten an sie herangetreten und hat ihr die Kehle durchgeschnitten. Kurz und heftig, aber nicht unbedingt professionell. Ich kann es dir nach der Autopsie sicher bestätigen was ich vermute. Die Frau ist nicht an dem unmittelbaren Ereignis gestorben, das heißt, am Schnitt, sondern sie hat eine Menge Blut aspiriert und ist daran erstickt. Kein schöner Tod", schloss der

145

Pathologe.

Mike trat einen Schritt zurück und ließ die Situation auf sich wirken, dann sah er Omar an, der nickte.

„Ja, das war auch mein erster Gedanke. Jemand, der um sein Leben kämpft, und das hat sie, seh´ dir nur mal das Blutverteilungsmuster an, sitzt ganz friedlich hier?"

Mike trat wieder näher zu Omar.

„Was denkst du?"

„Das sie danach so arrangiert wurde. Sie hat sich gewehrt, ist zu Boden gestürzt und wurde dann wieder hierhergesetzt", antwortete dieser spontan, was sich mit Mikes Eindruck deckte.

„Und die Waffe?"

Mike sah sich nach dem Leiter der Spurensicherung um.

Noch ehe dieser zu ihnen herankam, meinte Omar trocken. „Ein schlichtes Küchenmesser, gezackt, Klinge 20 cm, Edelstahl, roter Griff."

Als Mike ihn verdutzt anstarrte, sah er das grinsende Gesicht des Leiters der Spurensicherung.

„Da der Doc noch keine hellseherischen Fähigkeiten hat, hier die Auflösung. Die wahrscheinliche Tatwaffe lag im Gebüsch, zwanzig Meter von hier, Blutbefleckt. Außerdem haben wir Gewebereste unter den Fingernägeln der Toten, also ist die Ausgangslage gar nicht mal so schlecht."

Mike atmete tief ein.

„Wissen wir, wer sie ist?"

Inzwischen war auch Obermeister Müller, dem es

gelungen war, die restlichen Gaffer erfolgreich zu entfernen, herangetreten und deutete auf eine kleine Handtasche, die in einem durchsichtigen Beutel der Spurensicherung gelagert war.

„Mandy Lange, 34 Jahre, wohnhaft in Plauen, Hainstraße. Sie hatte ihren Ausweis dabei, sowie eine kleine Geldbörse mit 180 Euro, zuzüglich etwas Kleingeld sowie einen Schlüsselbund, auch noch eine EC-Karte und eine Master Card."

„Sieht also nicht nach einem aus dem Ruder gelaufenen Raubdelikt aus?", meinte Mike.

Der Leiter der Spurensicherung schüttelte den Kopf.

„Darauf deutet nichts hin. Die Tasche lag direkt neben ihr."

Dann zeigte er auf eine Bank in einiger Entfernung, vor der zwei uniformierte Polizisten standen.

„Dort sitzen die beiden, die die Frau gefunden haben."

Mike, der sah, dass er hier erst einmal nichts ausrichten konnte, ging zu der Bank, auf dem zwei Männer in mittleren Jahren saßen.

Der eine zog gerade heftig an seiner Zigarette, während der andere einen tiefen Schluck aus einer Bierflasche nahm.

Als die beiden Polizisten sahen, dass Mike sich näherte, trat ihm einer, ein junger Mann mit auffallend hellen Augen, entgegen.

„Guten Abend, Herr Hauptkommissar. Die beiden sind sozusagen alte Kunden von uns. Sie sind oft hier und trinken, Alkoholverbotszone hin oder her. Ein paar kleinere Eigentumsdelikte, aber sonst sind sie harmlos. Sie wollten die Frau von *ihrer* Bank, wie sie sagten, vertreiben, da sahen sie das Desaster. Sie waren es auch, die uns gleich verständigt haben. Wir waren auf Streife, keine dreihundert Meter entfernt." Er zeigte in Richtung Stadtgalerie und grinste.

„Die haben sich wie echte Profis verhalten. Einer ist losgelaufen und hat uns geholt und der andere hat den Tatort gesichert, wie er sagte, also alle anderen ferngehalten. Wenn man bedenkt, dass sie sich auch mit der Tasche und dem Geld aus dem Staub hätten machen können, war es wirklich eine Leistung."

Mike nickte.

„Ihr habt ja die Aussage und die Personalien, dann kann ich mir eine nochmalige Vernehmung erst mal sparen."

Der junge Polizist nickte ebenfalls bestätigend.

„Haben wir. Im Übrigen haben weder sie noch wir irgendetwas gesehen, was mit dem Täter in Verbindung gebracht werden könnte."

„Da kann man nichts machen", sagte Mike und ging zurück zu Omar, der seine Sachen zusammengepackt und noch ein paar Worte mit dem Leiter der Spurensicherung gewechselt hatte.

Dann sah er Mike an.

„Wenn sie hier fertig sind, sollen sie die Frau ins Institut bringen. Ich fange gleich morgen früh mit der Autopsie an. Im Übrigen, der Täter oder die Täterin muss selbst mit Blut über und über getränkt gewesen sein und auch wenn er oder sie mit dem Auto da gewesen sind, es könnte ja vielleicht Zeugen geben, die jemand mit blutverschmierter Kleidung gesehen haben."

ENDE DER LESEPROBE ZU „FILMRISS".

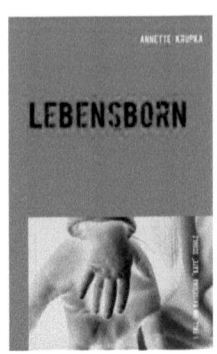

ISBN: 9783748174561

Lebensborn: Erster Fall für Katherina "Kate" Schulz

Warum wurde ihre Großmutter ermordet? Katherina
"Kate" Schulz, Special Agent beim FBI in Atlanta
erhält einen Anruf aus Deutschland von der dortigen
Polizei. Kurzentschlossen fliegt sie nach Deutschland,
in ihre Heimatstadt Plauen, die sie als 15- jährige,
gemeinsam mit ihren Eltern, verließ. Der Mordfall an
ihrer Großmutter erweist sich als rätselhaft, zumal es
kein Motiv zu geben scheint. Für Kate gibt es plötzlich noch ein anderes Rätsel, das Rätsel über ihre
Familie.

ISBN: 3749481873

Golem: Zweiter Fall für Katherina "Kate" Schulz

Kate Schulz, ehemalige FBI Agentin, ist nach
Deutschland zurückgekehrt und hat in ihrer Heimatstadt Plauen eine Detektei und Personenschutzfirma
gegründet. Über mangelnde Aufträge kann sie sich
nicht beklagen, was Neid bei Konkurrenten hervor-
ruft.
Nebenbei ist sie noch immer auf der Suche nach ihren
Wurzeln, denn bei ihrem ersten Besuch in Deutschland musste sie erfahren, dass ihre Mutter adoptiert
wurde.
Und ein Vermisstenfall, der von der Polizei nicht als
solcher gesehen wird, führte sie über den Jakobsweg
nach Prag und in eine lebensgefährliche Situation.

ISBN: 9783749499847

Entführt: Dritter Fall für Katherina "Kate" Schulz

Kate Schulz, ehemalige FBI Agentin, hat sich in ihrer Heimatstadt Plauen fest etabliert.
Während sie langsam ihrem Familiengeheimnis etwas näher zu kommen scheint, treten die Eltern einer entführten Zehnjährigen an sie heran.
Die Bedingung des Entführers: 500.000,00 Euro in bar, keine Polizei und Kate Schulz muss das Geld überbringen.
Kate bleiben 2 Minuten sich zu entscheiden.

Der Hyde Park Mörder:
Erster Fall um Jane MacKenzie und Detektive In-
spektor Peter Brown

Der Jugendfreund von Jane MacKenzie, einer jungen
Amerikanerin mit englisch-schottischen Wurzeln,
wird vom mysteriösen Hyde Park Mörder ermordet.
Gemeinsam mit dem Kriminalpsychologen Professor
Downsand versucht Jane die Hintergründe der Mor-
de zu entschlüsseln, die sie tief in der englischen Ge-
schichte vermutet.
Sehr zum Missfall von Detective Inspektor Peter
Brown, der von der Hobbydetektivin alles andere als
begeistert ist.
Jane hingegen setzt die Suche fort und erlebt auf dem
Schlachtfeld von Culloden eine mörderische
Überraschung.